Blod
af
Michael Sørensen

© 2025 – Michael Sørensen
Forlag: BoD · Books on Demand, Strandvejen 100,
2900 Hellerup, bod@bod.dk
Tryk: Libri Plureos GmbH, Friedensallee 273,
22763 Hamborg, Tyskland
ISBN: 978-87-4306-047-5

Blod er omskrevet til lyden af:
Röyksopp – Nebulous Nights (2024)

Tak til Stina for tålmodigheden, roserne og sparring.
Tak til Berit for gennemlæsninger og kæmpe hjælp.
En særlig tak til Karina for hjælp med det fine cover.
Tak til Klaus for kommentarer, ris og ros.

Tak til dig, der sidder med denne bog i hånden.

Kapitel 1

Skyerne havde truet de mange orangeklædte mænd hele aftenen. Det var dog blevet ved truslen, og regnen var udeblevet. De myldrede rundt med deres maskiner - de orange mænd. Set fra skyerne var de som små myrer, der alle arbejdede i den samme lille myretue. De var alle forbundet, og man kunne allerede efter de første par nætter ane, hvad de små orange myrer havde sat gang i. Det var tydeligvis et byggeri af en anseelig størrelse, og havde skyerne kunnet tale sammen, så havde de sikkert sagt noget i retning af, at det nok skulle blive et stort og flot byggeri med tiden. Det havde i hvert fald tegningen til det. Nu sagde skyerne imidlertid ikke rigtig noget, for de kiggede ikke ned på de orange mænd, men drev videre hen over den nattehimmel, som tidligere havde været en aftenhimmel, der nu var blevet vekslet til et noget mørkere og mere dystert låg over byggeriet og de orange mænd.

'Vi lukker og slukker for i nat.' råbte Hansen, der var sjakbajsen på udgravningen.

Han signalerede til gutterne i de forskellige maskiner ved at køre hånden sidelæns langs halsen, så de kunne stoppe maskinerne.

Ingen kunne alligevel høre Hansen over de store gravemaskiner og de tilhørende lastvogne, der slæbte den udgravede jord væk fra det enorme anlægsarbejde, som inden for de næste fire år meget gerne skulle blive til en omfartsvej. Jakob sprang ud af en af de helt store gravemaskiner, der stod og hvæsede efter ham, da han havde slukket for den store dieselmotor. Han hev sit høreværn af og satte en orange hjelm på hovedet. Alle foreskrevne sikkerhedsregler blev overholdt til punkt og prikke. Hansen var en god chef, men han elskede regler - og regler var til for at blive overholdt. Jakob skød i en lige linje over det knoldede underlag af jord, som lå der og ventede på at blive gravet, udformet og pakket ind i den beton og asfalt, der senere skulle udgøre Danmarks største omfartsvej.

'Hansen!' råbte Jakob.

Han gik tættere på den store rødhårede mand, der var i færd med at revse et par kollegaer, for ikke at have deres hjelme på.

'Det her er en byggeplads. På en byggeplads er der regler. Hvis I ikke fatter det, så må I rejse tilbage til Gdánsk eller hvor fanden I kommer fra.' råbte Hansen, der kun blev endnu mere rødmosset af at hidse sig op.

4

'Jeg er sgu fra Korsør.' sagde den ene på gebrokkent dansk, mens han rodede med sit bælte, hvor hans hjelm sad fastspændt.

Den anden polak grinede af sin landsmand og fandt sin hjelm frem i en hulens fart.

'Korsør er det samme som Polen for mig! Alt syd for Køge kan for min skyld være Tyskland eller Polen.' Det fik både Hansen og polakkerne til at grine.

'Jeg er fra Vesterbro. Må jeg godt lige gøre min rende færdig i tilfælde af, at vi får regn i løbet af dagen.' afbrød Jakob.

Han pegede op på skyerne, som om de havde gjort ham noget. De havde jo netop ikke givet noget som helst regn, så Jakobs gestikuleren virkede noget fordomsfuldt mod skyer som en samlet masse.

'Er du virkelig fra Vesterbro? Du virker sgu lidt for dum til at være fra Vesterbro? Er du sikker på, at der ikke er lidt Amager gemt i dig?' spurgte Hansen.

Han gik mod en af skurvognene. Jakob fulgte efter, for selvom han holdt af, når Hansen gav ham en sviner, så havde han ret beset ikke fået svar på sit spørgsmål.

'Du er måske selv fra Amager, Hansen?' svarede Jakob friskt, hvilket hans chef ignorerede fuldkommen.

Kun en enkelt person på pladsen uddelte svinere, og det var Hansen. Alle andre blev ignoreret - lige med undtagelse af polakkerne fra Korsør.

'Glem det. Du får ikke overtid for ekstra arbejde, din morakker.' svarede Hansen kort og kontant.

Hansen kunne sikkert godt se fornuften i at få gravet en rende færdig, men det passede ham sjældent at skulle betale for den slags - og hvis han skulle betale, så var det i hvert fald ikke overtid. Det var Jakob helt bevidst om

'Jeg var slet ikke klar over, at vi fik løn for at arbejde her. Det bliver min kæreste glad for at høre.' svarede Jakob.

Han holdt døren til skurvognen for sin chef, der øjeblikkeligt lod selvlysende vest og hjelm falde, så snart fødderne ramte indersiden af skurvognen.

'Har du en kæreste? Han er sikkert også så grim, at han ikke selv kan få et arbejde, så fortæl ham bare, at du får lidt lommepenge for at gå til hånde på pladsen.' svarede Hansen.

Han var allerede i gang med at pakke sammen, så han kunne komme hjem og sove. Klokken nærmede sig fem om morgenen. Hansens røde hår strittede en del mere, end det havde gjort, da de var startet lidt før ni den foregående aften.

Jakob lukkede døren efter sig og gik tilbage mod gravemaskinen, som drengene på pladsen kaldte Svigermor af åbenlyse årsager. Det blev i hvert fald åbenlyst, så snart man så bagpartiet på den store maskine. Sekundet senere kom Hansen ud af skurvognen i en fart, som var han kommet for sent til sin egen begravelse.

'Slukker du selv natlampen, når du er færdig?' råbte Hansen.

Han pegede mod de kæmpe projektører, der havde holdt pladsen badet i lys hele natten. Jakob vinkede med armen velvidende, at Hansen var bedøvende ligeglad med, om han fløjtede, vinkede eller dansede sit svar tilbage til sin chef. Når man havde arbejdet med anlæg i så mange år, som Hansen havde, så var der to ting, der var mere hellige end sikkerhedsregler og side 9-pigen i Ekstra Bladet. Det ene var aftensmad, som for enhver hårdtarbejdende jord- og betonarbejder var dagens vigtigste og bedste måltid. Det var også det eneste måltid, som man ikke spiste i en skurvogn, for selv om duften af mandehørm, jordslået tøj og dieselolie sandsynligvis havde sin egen charme, så slog det ikke duften af en frikadelle i ens eget hjem. Det andet var nattesøvn, som i den grad blev spoleret, når man skulle arbejde om natten.

Derfor styrede Hansen direkte mod dynerne ved siden af fru Hansen, der havde haft den tvivlsomme ære at kunne pryde sig med netop det efternavn i snart femogtredive år. Jakob åbnede døren til Svigermor og kravlede op på sit sæde. Han satte hjelmen på krogen bag døren og fandt sit høreværn frem. Han var forsigtig med den slags, for han havde allerede en anelse tinnitus, som han ikke havde i sinde at forværre. Han gav indimellem Svigermor skylden, men i virkeligheden var det nok AC/DC og Metallicas lydmænd, der burde have siddet i anklagestolen. Carlsberg og Tuborg ville helt sikkert vidne om mange våde koncerter (i tørvejr), hvor Jakob havde stillet sig for tæt på højttalere for virkelig at kunne opleve lyden live. Det var i hvert fald, hvad han påstod, i de stille dage efter koncerterne, hvor hørelsen stort set var kaput. Han gik i gang med at grave, eller rettere lod han Svigermor gøre det beskidte arbejde. Det ville ikke tage lang tid at få gravet den sidste del af den rende, som arbejderne i jorden havde markeret med snor og markørpinde. Jakob var selv startet i jorden, da han i sin tid blev jord- og betonarbejder. Han havde været seksten år gammel og ude af stand til at løfte den skovl, som Hansen dengang havde stukket i hånden på ham med en kommentar om, at hans datter på fjorten havde flere muskler end Jakob.

Jakob havde nogle år senere mødt hende til en reception, og han var derfor villig til at give Hansen ret. Der sad nogle pænt store kanoner på overarmene af den tøs. Nu var der snart gået ti år, og Jakob arbejdede stadig for Hansen, som for fire år siden havde overladt ham Svigermor.

Forfremmelsen var helt fortjent efter seks år i jorden, men den hang tilfældigvis også sammen med, at Jakob scorede sejrsmålet for Hansen Allstars i en finale mod et lokalt malerfirma i en firmafodboldkamp. Hansen selv stod på mål, både dengang og nu, men dengang havde Jakob været stjerneangriberen, der scorede de vigtige mål for sjakket. Siden da var der kommet yngre og bedre spillere til holdet, så nu fristede Jakob en tilværelse på bænken, som han inderst inde var fint tilfreds med. Han havde fået sine femten minutters succes på holdet, og nu var det de yngre kræfter, der måtte bære Hansen Allstars til pokaler og triumfer i Hedehusene og omegn.

'Kom så, skatterøv. Nu tager vi lige det sidste, og så lukker vi biksen for i nat.' sagde Jakob.

Svigermor adlød. Det havde været kærlighed ved første blik imellem de to, som nu var gift med hinanden på godt og ondt. Svigermor havde været Jakob tro og loyal hele vejen, og Jakob havde omvendt altid passet godt på den store pige og sørget for, at hun altid var kampklar.

9

De havde også været igennem hårde tider, da Svigermor havde været ved at stå af, men dygtige mekanikere, der havde forsikret Jakob om, at hun havde mange gode år endnu, havde reddet hende fra en alt for tidlig død. Jakob kørte Svigermor på autopilot. Han tænkte ikke rigtig over, hvad hans hænder lavede med styrepindene, men holdt et koncentreret blik på, hvad der foregik ude ved den store skovl, der med lethed løftede kilovis af jord, hver gang den brød med jorden. Han var derfor mentalt fanget i den sagnomspundne kamp mod malerne, da der lød et kæmpe brag fra hullet, hvor den store grab havde ramt noget, der ikke lød som hverken jord eller sten.

'Hvad nu?' råbte Jakob og rakte bagud i kabinen.

Han fandt et kort over området, der tydeligt viste, hvor renderne gik. Han havde før ramt alt lige fra lyslederkabler til vandrør, men havde indtil dette øjeblik været sikker på, at lige præcis dette område var helt nøgent for den slags. Der burde ikke være andet end jord og sten - og et hurtigt kig på kortet bekræftede også den formodning. Han tog hjelmen på og sprang ud af kabinen. Han gik bag om den store maskine for at komme rundt om den rende, der næsten allerede var færdiggravet. Det var først der, at han opdagede regnen, der var begyndt at sile ned.

Jorden takkede ærbødigt for nedbøren og kvitterede øjeblikkeligt med et fint lag mudder, der hverken hjalp på underlagets beskaffenhed eller Jakobs humør.

'Hold kæft, hvor er det latterligt!' råbte Jakob af regnvejret, mens han fedtede sine sikkerhedssko ind i nyskabt mudder.

Han nåede med besvær hullet, hvor grabben havde gjort et fint indhug i jorden. Han kunne intet se, så han sprang ned i renden. Det var tydeligt, at det ikke havde været et vandrør, for der var ikke mere vand i renden, end der var på resten af jorden. Da Jakob kom tættere på gerningsstedet, kunne han se splinter af træ alle vegne. Det undrede ham, for det havde fra kabinen lydt langt mere voldsomt end et stykke træ. Det var en kasse af en slags i noget lyst træ, der lignede almindelige planker fra et billigt ubehandlet gulv. På træstykkerne var der markeret med sort skrift, men han kunne ikke blive klog på, hvad der stod. Stykkerne var enten for små eller allerede dækket af mudret jord, som Jakob ikke ville grave i med de bare hænder. Det slog ham, at det lignede en kiste af en slags. En rustik, hjemmelavet kiste af en art, som han ikke lige kunne genkende. Uanset hvad, var det dårligt nyt, for det betød, at man ville være nødt til at stoppe med at grave. Han havde prøvet det mange gange før.

Han havde engang fundet stykker af et skelet, hvilket havde stoppet byggeriet i dagevis, indtil en ekspert med 99% sikkerhed kunne påvise, at skelettet var en mellemstor schæferhund eller et andet husdyr, som en stakkels ejer havde følt sig moralsk forpligtet til at begrave.

'Det er, hvad man får ud af at ville arbejde ekstra! Tak for lort!' råbte Jakob.

Han var rasende over, at han nu kunne se frem til et par dage hjemme med dagpenge, som var kutyme ved den slags "fund" i jorden. Han rodede efter sin mobiltelefon i lommen og bandede sagte for sig selv. Hansen ville få en hjerneblødning over endnu en forsinkelse, og det ville gå ud over Jakob, for Hansen efterlevede ikke tesen om, at man aldrig burde skyde budbringeren. Faktisk levede han efter den omvendte regel om, altid at lade det gå ud over budbringeren. Jakob var ingen tøsedreng, så han tog tyren ved hornene - eller prøvede på det, hvis han ellers bare kunne finde sin telefon i bukselommen, hvor tyggegummi, en håndfuld mønter og dankortholderen også boede.

'Det er ellers et fint hul, som du har fået lavet. Har du lavet det helt alene?' kom det fra en stemme.

Jakob sprang bagud i forskrækkelse over stemmen, der kom fra et sted bag ham.

Jakob kiggede op. Over ham stod en høj mand i et smukt sort jakkesæt og kiggede ned. Manden var iført helt blanke sko og en meget høj hat, der ligesom skoene og jakkesættet var helt sort. Det eneste, der brød med det sorte, var de lange hvide handsker på hænderne og den hvide halsklud, der sad i en knude omkring mandens hals. Det var surrealistisk at se en mand på en byggeplads i den mundering. Den store mand rakte hånden frem og trak med lethed Jakob op af hullet. Da Jakob stod side om side med manden, var det tydeligt, at manden både var højere og bredere end Jakob. Selv det sorte jakkesæt kunne ikke skjule mandens fysiske størrelse, der var intet mindre end imponerende.

'Er du stum, eller må du ikke tale for din mester?' spurgte manden.

Hans ansigt lignede noget, der var støbt i granit. Kindben, hage, næse og pande var helt symmetriske og selvom Jakob af andre blev beskrevet som en pæn fyr, var han rigeligt bevidst om, at han her stod over for en noget flottere og pænere mand end ham selv. Det fine jakkesæt og hatten var bare en ekstra streg under et ellers tydeligt faktum.

'Jo, det må jeg godt. Jeg er bare lidt overrasket over at se andre på pladsen.' svarede Jakob.

Han kiggede over mod skurvognen. Han kunne ikke umiddelbart se en fremmed bil i nærheden.

'Så det er dig, der har gravet dette fine hul?' spurgte manden.

Han lod hånden glide hen over et udsnit af renden, som Svigermor næsten var færdig med.

'Ja, det er mig. Jeg graver huller hver dag, så jeg skal ikke kunne sige, om dette hul er bedre end andre.' svarede Jakob.

Han var ikke selv imponeret af renden, der lige nu mest af alt lignede et overdimensioneret mudderhul.

'Jeg er dig evigt taknemmelig, Mester.' sagde manden.

Han bukkede elegant for Jakob, der rettede på sin selvlysende vest i ren forfængelighed over sin egen mere beskedne påklædning.

'Jo tak. Jeg er nødt til at få fat i min chef. Jeg må ikke grave ting op, uden at underrette ham om det.' sagde Jakob høfligt.

'Hvis det er kisten, som du er bekymret for, så er den snart væk.' sagde manden.

Han pegede i retning af renden endnu en gang.

'Bare den ikke er væk, når min chef kommer herud igen.' sagde Jakob.

Han ville hade at vække Hansen for ingenting. Han missede med øjnene for at få øje på træstykkerne, der af en eller anden årsag så ud, som om de forsvandt dybere ned i jorden. Han tænkte, at regnen gjorde alting vådt og derfor dækkede for de stykker træ, der for et øjeblik siden havde været langt mere tydelige.

'Lad os give dem to minutter mere. Så er de helt sikkert væk.' sagde den sortklædte kæmpe.

Han trak et fint lommeur frem fra indersiden af jakkesættet.

Jakob lyttede ikke rigtig til manden, for han havde mere travlt med at følge træstykkerne, der stille og roligt forsvandt fra renden, som blev de suget ned igennem jorden.

'Nu er de helt væk.' udbrød Jakob forundret.

Han kastede et ekstra blik mod renden, der nu ikke indeholdt andet end vand og mudder i rigelige mængder.

'Hvad gør vi nu, Mester?' spurgte den store mand med ydmyghed i stemmen.

'Mester? Jeg er ikke mester i noget som helst.' svarede Jakob.

'Du er min mester i al evighed, eller i hvert fald til du trækker vejret for sidste gang.' sagde manden alvorligt.

'Jeg trænger til noget tørt tøj og en kop kaffe.' sagde Jakob.

Han orkede ikke at forholde sig til kæmpens vrøvl, men manden fulgte i hælene på Jakob, der gik resolut mod skurvognen med det resultat, at han næsten snublede i mudderet. Den store mand greb fat i ham og bar næsten Jakob igennem mudderet til skurvognen. Da de nåede frem, satte manden Jakob ned igen.

'Hvad fanden laver du? Jeg kan godt selv gå! Hvem fanden er du?' råbte Jakob, der var træt, våd og lettere irritabel.

'Du reddede mig jo ud af kisten, Mester.' sagde den høje mand.

Han rettede på sit jakkesæt, der trods regnen stadig sad helt perfekt. Faktisk så det slet ikke særlig vådt ud, hvilket undrede Jakob, der mest af alt lignede en druknet mus med selvlysende vest på.

'Hvilken kiste? Jeg har været på arbejde. Jeg har ikke reddet nogen eller noget. Jeg har måske reddet mig en forkølelse af at stå udenfor, men det er vist alt.' råbte Jakob.

Den store fremmede mand trak sig lidt tilbage. Han var ikke vant til at blive råbt ad.

'Jeg var fanget nede i kisten. Du slog hul på kisten og reddede mig. Det skete for ti minutter siden.' forsøgte manden i en forklarende tone. 'Var du nede i kisten? Hvad lavede du der? Er du klar over, hvor galt det kunne have gået? Jeg kunne have slået dig ihjel.' fortsatte Jakob. Han kunne mærke et raserianfald bygge sig op inde i ham. 'Nej, det kan du ikke.' svarede kæmpen.

Han smilede til Jakob med et smil, der ikke hjalp på vreden i Jakob. Smilet var en blanding af overbærenhed, bedrevidenhed og arrogance. Det hidsede virkelig Jakob op! 'Prøv at høre her. Hvis Svigermor havde sat tænderne i dig, så havde du været færdig på stedet, mester.' nærmest råbte Jakob.

Han ville finde sig i meget på en regnvåd morgen, men nægtede at stå model til, at Svigermors ære skulle krænkes. 'Er din svigermor her? Sætter hun også tænderne i folk?' spurgte manden.

Jakob tabte besindelsen og lod sin højre hånd tale for ham. Den store mand så Jakobs næve komme mod ham og dukkede sig nemt til siden. Fremdriften gjorde, at Jakob tabte balancen og ramte mudderet i et stort vådt plask.

17

'Undskyld, Mester. Det var ikke min mening at gøre dig vred.' undskyldte kæmpen.

Han samlede Jakob op fra mudderpølen og løftede ham ind i skurvognen, hvor den sårede kriger prøvede at genfinde sin stolthed til trods for, at hans krop var dækket af mudder. Jakob satte sig på gulvet efter at have taget en kop kaffe fra den lunkne termokande. Efter en tid fandt han modet til at tale igen. Den store mand stod i hjørnet af skurvognen, som var han en robot, der var gået i stå.

'Hvordan kunne du være inde i den kiste? Hvor lang tid har du været der?' spurgte Jakob.

Han var faldet helt til ro. Det var primært kaffen, der havde gjort arbejdet.

'Min familie slog hånden af mig. De sendte mig i evig forbandelse til et sted uden for lands lov og ret.' svarede kæmpen.

'Ja, det er en meget god beskrivelse af Hedehusene.' kom det tørt fra Jakob.

'Hvilket år er det, Mester?' spurgte kæmpen.

Jakob fik kuldegysninger hver gang de to havde øjenkontakt. Han undlod direkte øjenkontakt så meget som muligt, men han var godt opdraget og kunne bare ikke lade være.

'Det er 2012. Der har været EM i fodbold, hvor Danmark tabte. Der har også været OL, hvor Danmark heller ikke vandt noget.' svarede Jakob.

Han bandede indvendigt over Tyskland og Portugal, som han bestemt ikke havde været begejstret for over sommeren.

'142 år, Mester.' sagde kæmpen i en bedrøvet tone.

'Jeg er ikke med.' sagde Jakob.

Han tænkte, at det føltes som 142 år siden, at Danmark sidst havde vundet noget i fodbold.

'Jeg har været i kisten i 142 år, Mester.' kom det forsigtigt fra kæmpen.

'Hvorfor er du ikke død? Du ligner en mand i trediverne.' spurgte Jakob.

Han var begyndt at blive træt af samtalen. Intet gav mening, men klokken var også mange, og hans krop skreg på søvn.

'Vi dør aldrig, Mester. ALDRIG!' snerrede kæmpen ned mod Jakob.

Kæmpens stenansigt ændrede form fra det ene øjeblik til det næste. Øjnene blev røde og selvlysende, øjenbrynene blev mørke og dystre, men vildest af alt var tænderne, der transformerede sig til de længste og mest dræbende hugtænder, som Jakob nogensinde havde set. Ikke at han havde meget erfaring med hugtænder til at begynde med.

Øjeblikket senere transformerede kæmpen sig tilbage til det pæne og maskuline stenansigt.

'Hvad fanden var det? Jeg havde nær skidt i bukserne.' klynkede Jakob.

Han rejste sig ved at trække sig op langs en række skabe, der var længst væk fra det hjørne, hvor kæmpen havde taget position i, hvad der pludselig føltes som en meget lille og klaustrofobisk skurvogn.

'Jeg gør dig ikke noget, Mester. Jeg sværger på min mors ære.' forsikrede kæmpen.

Han lænede sig mod Jakob, der desperat prøvede at søge tilflugt i et af skabene, der ikke var bygget til andet end jord- og betonarbejderens tøj og udstyr. De var bestemt ikke bygget til jord- og betonarbejdere i al almindelighed.

'Er du vampyr, eller hvad fanden er du?' råbte Jakob i desperation.

Den store mand stod midt i skurvognen. Han reagerede på Jakobs frygt og holdt armene ud i en slags forsikring. Han viste med sit kropssprog ingen intentioner om at gøre Jakob fortræd.

'Vampyr, Nosferatu, Nattens Engel. Kært barn har mange navne, men vi har åbenbart endnu flere, Mester.' sagde kæmpen.

'Du er stor som et hus, stærk som en bjørn og har tænder som en stor hvid haj. Er der mere jeg skal vide, inden jeg dør af et hjerteanfald?' klagede Jakob.

'Du dør ikke af et hjerteanfald, Mester. Burde vi ikke komme hjem, så du kan få rent tøj på?' spurgte den store mand.

Han pegede på det beskidte tøj, som Jakob havde glemt alt om.

'Jo jo, det er nok bedst. Kan du ikke stoppe med at kalde mig for Mester. Jeg hedder Jakob.'

'Jeg hedder Istvan.' svarede kæmpen og stak hånden frem.

De to gav hånd, om end Jakob holdt sig på behørig afstand.

'Hvor bor du henne, Istvan?' spurgte Jakob.

'Jeg bor i Transsylvanien, men der er jeg som sagt bortvist fra, så lige nu bor jeg, hvor du bor, Mester.' svarede Istvan.

Han smilede til Jakob. Det var et smil, der både virkede forkert og uhyggeligt på samme tid.

'Ja, men så lad os komme hjem, men på EN BETINGELSE!' krævede Jakob.

'Ja, Mester?' svarede kæmpen.

21

Han åbnede døren og gjorde plads, så Jakob kunne komme ud.

'Hvis du bider mig, så ryger du fandeme ud!'

'Det er en aftale, Mester.' svarede Istvan.

Han studerede Jakob, der slukkede for de tre generatorer, som skabte strøm til alt lyset på den store plads, hvor man kun arbejdede om natten.

De to gik, med behørig afstand til hinanden, hen imod Jakobs bil, der stod alene på den lille parkeringsplads, som var anlagt bag skurvognene på pladsen.

'Det her er så mit kæreste eje. Det er Lola Corolla. Hun er en ældre dame fra 1996, så pas godt på hende.' forklarede Jakob.

Han pegede på en af Toyotas mest solgte biler nogensinde, der i dagens anledning blev præsenteret i en kombination af rød og rust, der sjældent havde set sin mage.

'Det er en fin drosche, Mester. Hvor er hestene henne?' spurgte Istvan, mens han kiggede sig omkring.

'De er herinde, og selvom der ikke er mange heste, så har det altid været nok til Lola og mig.' svarede Jakob.

Han klappede på motorhjelmen til, hvad der engang havde været et udmærket køretøj. Istvan sprang op på kølerhjelmen og satte sig til rette.

Affjedringen i Lolas højre side begyndte straks at klynke lidt over den tunge og hårdhændede behandling. Jakob rystede på hovedet ad den store mand fra Transsylvanien og satte sig ind på førersædet. Der gik et øjeblik, før Istvan fulgte efter og satte sig ind på passagersædet med et skævt smil.

'Og husk nu, du har lovet ikke at bide mig.' insisterede Jakob, da han startede bilen.

'Det er en aftale, Mester Jakob' svarede Istvan højtideligt. Han kiggede sig omkring i den lille bil, som han tydeligt fandt ubekvem.

'Stop! Det er enten Mester eller Jakob. Det er ALDRIG Mester Jakob!' formanede Jakob.

Han satte Lola Corolla i bakgear, før de to umage bekendte forlod den lille parkeringsplads.

Kapitel 2

'Din drosche er meget hurtig, Mester.' klagede Istvan.

Hans stemme lød panisk. Lola Corolla sneg sig igennem morgentrafikken, der, på grund af et byggeri af omfartsvejen, mest lignede en pølse af metal, der dovent lå over motorvejen med retning mod hovedstaden.

'Vi kører halvtreds kilometer i timen. Det er meget langt fra hurtigt.' grinede Jakob.

Han gav en ældre dame i en BMW fingeren, da hun prøvede at snige sig ind foran Lola efter en nedkørsel. Jakob bemærkede, at Istvan noterede sig den fine gestus og nikkede.

'Jeg har aldrig kørt i så hurtig en drosche før, Mester.' råbte Istvan, da Jakob igen speedede op for Lola.

Sekundet senere døde farten bag en kø af biler nogle få meter længere fremme.

'Hvorfor graver din familie dig ned? Var du for grimt klædt på til et bryllup eller hvad?' spurgte Jakob smilende. Han pegede på jakkesættet, der stadig sad perfekt på den store mand.

'Den samtale vil jeg gerne gemme til en anden lejlighed, Mester.' svarede Istvan indigneret.

'Hvis jeg er din Mester, så bør du vel svare mig - eller hvordan virker det?' spurgte Jakob.

Han smilede for sig selv. Det der med at være Mester var måske ikke så tosset endda. Han kiggede op på Istvan, der smilede tilbage med en mund fuld af hugtænder og en snerren, der overdøvede den gennembankede lydpotte på Lola med en hel del decibel.

'Vi kan også tage den senere.' sagde Jakob.

Han stoppede med at smile. Det med at være Mester var ikke en skid værd, hvis man spurgte ham.

'Er vi på vej til dit domicil i den smukke hovedstad?'
spurgte Istvan.

Han havde trukket de frygtelige hugtænder tilbage. Jakob
ville ikke foreløbigt vænne sig til, hvor uhyggelig Istvan
kunne blive.

'Ja, hvis du kalder Nørrebro for smuk, og en 2Ver med et
lokum, der kun virker hver fjerde gang, for et domicil.'
svarede Jakob.

Han hverken smilede eller kiggede på Istvan. Han havde
set nok tænder for resten af morgenen.

'Det lyder spændende. Så har jeg måske min egen
afdeling af huset?' spurgte Istvan.

Forventningens glæde var ikke til at tage fejl af.

'Hvilken del af 2V forstod du ikke?' spurgte Jakob.

Motorvejen endte, og mængden af biler fortsatte ind
mod indre by.

'Jeg forstod hverken 2 eller V. Er det koordinater til dit
domicil?' spurgte Istvan.

Han holdt et fast greb i sikkerhedsselen, der stadig hang
og dinglede, da Jakob ikke havde været særlig bekymret for
sin medpassagers liv og lemmer, da de havde forladt
byggepladsen.

'Er du rar ikke at lege med selen? Den har det med at falde af, når man hiver for hårdt.' sagde Jakob.

Han vidste godt, at det måske ikke var det bedste træk ved en sikkerhedsforanstaltning som en sikkerhedssele.

Istvan kiggede ud ad vinduet, da Lola nåede Nørrebro, der som altid så lidt for træt ud til virkelig at være en hip del af København. Det var, som om beboerne og bygningerne ikke helt havde fået snakket sammen om, hvor funky og smart det hele skulle være. Lola sneg sig ind på en parkeringsplads, der altid var ledig om morgenen, men ellers var en fantasi i det store parkeringsteater, der normalt foregik om eftermiddagen. Pladsen lå samtidig lige foran opgangen til det sted, hvor Jakob boede. Det var som en drøm.

'Så er vi her. Hvad gør vi med dig? Du kan ikke være i lejligheden, når min kæreste kommer hjem.' prøvede Jakob.

Han kiggede op mod vinduerne på femte, som om han ved magisk kraft kunne udvide sit hjem med en fem-syv værelser uden problemer.

'Har du en vinkælder eller et skattekammer, som jeg kan hvile mig i for en tid, Mester? spurgte Istvan.

Han fortrak ikke en mine. Det gjorde Jakob imidlertid, da tanken om begge var lige dele absurd og komisk.

'Jeg tror ikke, du må sove på værtshuset, hvor de gemmer min vin, og jeg er heller ikke overbevist om, at banken ville være vild med at have dig sovende i åbningstiden.' svarede Jakob med humor.

'Kan jeg sove i din drosche, Mester?' spurgte Istvan. Han gav ikke sådan op, uanset hvor lidt bank og værtshus var villige til at samarbejde.

'Nej, det går sgu ikke. Du må ud at finde dig et sted at sove.' sagde Jakob.

Han bekymrede sig ikke helt så meget, som han egentlig burde. Han havde jo et reelt problem med sit nye bekendtskab, men hans hjerne var træt og manglede søvn.

'Jeg har jo et problem med solen - og den går efter mine beregninger op over husene derhenne om ganske få minutter, Mester.' svarede Istvan.

Han pegede op på den våde efterårshimmel, der afslørede, at lys og sol var på vej mod landets hovedstad.

'Solen? Nå for satan. Ja, det er noget lort. Det er ikke bare en myte?' spurgte Jakob forsigtigt.

'MIN SJÆL VIL BRÆNDE OP I DET SORTESTE HELVEDE!' knurrede Istvan.

Hans mund var igen fyldt med de grimmeste hugtænder, Jakob kunne forestille sig.

27

De selvlysende øjne var på fuldt blus, og Jakob følte sig pludselig som Rødhætte fanget i en gammel rustrød Toyota. 'Rolig nu. Du kommer bare med op. Jeg skal bare lige tænke lidt.' forsikrede Jakob.

Han steg ud af Lola i en fart, der var enhver racerkører forundt. Istvan steg besværet ud af bilen og smækkede døren med et drøn, der fik Lola til at brokke sig endnu engang. Hun var ikke særlig imponeret af Jakobs nye ven.

Døren til opgangen lukkede sig bag dem, netop som solen stod op over husgavlen og mindede alle om, at den sagtens kunne give lidt dagslys fra sig, selv om vinter og mørke bankede på. De to mænd klatrede op på femte sal i hvert deres tempo. Jakob slæbte som altid fødderne op ad de mange trapper, mens Istvan nærmest fløj over trinene med samme lethed, som han havde udvist på den mudrede byggeplads.

'Du ved godt, at du før eller siden redder dig en omgang tæsk, når du blærer dig på den måde.' prustede Jakob, da de nåede femte sal.

'Hvem skulle kunne tæske mig?' spurgte Istvan.

Han smilede ned til Jakob, der med sine sølle 185 centimeter, rodede i samtlige lommer efter en nøgle til lejligheden. Efter et par sekunder kunne Jakob låse dem ind i lejligheden.

Han lod Istvan stå i gangen, mens han trak persienner og gardiner for i køkkenet, stuen og det lille soveværelse, der udgjorde en billig, men gammel andelslejlighed, som Jakob havde kaldt sit hjem i mere end fire år.

'Så er kysten klar.' kaldte Jakob.

Han vinkede Istvan ud i køkkenet, hvor han fandt et glas frem til sig selv.

'Kan man virkelig se kysten heroppefra, Mester? spurgte Istvan.

Han fristede dog ikke skæbnen ved at kigge ud ad vinduet, der var dækket af sorte persienner og nogle stribede gardiner, der pludselig havde indfundet sig i Jakobs lejlighed. Dette var sket kort tid efter, at Jakobs civile status var gået fra "single" til "i et forhold".

'Øh nej, men man kan se tagene fra de omkringliggende bygninger.' svarede Jakob.

Han åbnede køleskabet for at finde lidt drikkevarer.

'Hvad er det?' spurgte den store mand.

Han gik et par skridt tilbage, da han så køleskabet gå op.

'Det er et køleskab. Man køler sin mad og drikke ned, så det ikke fordærver så hurtigt.' forklarede Jakob.

Han ledte efter en cola, som han vidste var gemt bag nogle grøntsager, som han ikke engang kendte navnet på.

Istvan tog mod til sig og nærmede sig køleskabet.

'Hvad drikker din slags? Jeg har blodappelsinjuice!' sagde Jakob og brød ud i et stort smil.

Han løftede kartonen stolt ud af køleskabet, som om han havde en pokal stående mellem osten og noget sojamælk, som han ikke anede, hvad nogen brugte til.

'Er det en slags vittighed?' spurgte Istvan.

Han kiggede på juicekartonen.

Jakob fandt en cola og lukkede køleskabet efter sig. Da Istvan så lyset slukke, kunne han ikke længere styre sin nysgerrighed. Han åbnede køleskabsdøren, indtil lyset tændte, hvorefter han lukkede døren, indtil lyset slukkede. Jakob åbnede sin cola, mens Istvan åbnede, lukkede, åbnede, lukkede, åbnede, lukkede og åbnede køleskabsdøren.

'Der er en kontakt inde i køleskabet. Det er ligesom denne her.' forklarede Jakob.

Han trykkede på kontakten på væggen. Straks efter tændte lyset i køkkenet. Det fik straks Istvan til at lukke køleskabet. Sekundet senere blinkede lyset lystigt i det lille køkken, hvor Jakob prøvede at drikke sin cola. Han forlod lyset fra verdens mest stille technokoncert i køkkenet og satte sig ind i stuen ved det lille intime spisebord, som hans kæreste havde købt på et loppemarked. Det var, ifølge flere kvinder Hanne kendte, et charmerende lille bord.

Jakob tænkte, at charmen måske lå i, at alle fire ben havde hver sin længde, hvilket udgjorde en risiko for ve og vel, hvis man spiste en tallerken varm mad. Efter et par minutter med lysshow i køkkenet kom Istvan ind med sin blodappelsinjuice, som han drak direkte fra kartonen.

'Jeg undskylder på forhånd for juicen, men Hanne er lidt følsom, så hun drikker den slags, når hun føler sig for tyk eller har indtaget for meget vand.' undskyldte Jakob og pegede på juicen.

Istvan sagde ingenting, men kiggede sig rundt i den lille stue, der var indrettet med alt, hvad en moderne familie havde behov for.

'Jeg synes ikke, at det er en god idé, at du bliver her i lejligheden.' prøvede Jakob.

Han vidste ikke, hvordan han skulle forklare Hanne, at Istvan lige var flyttet ind for en tid.

'Jeg synes, at det er en god idé' konstaterede Istvan.

'Jeg synes også, at det er en god idé.' sagde Jakob.

Hans øjne begyndte at blinke med voldsom fart. Han prøvede at ryste på hovedet, men blinkede blot et par gange mere.

'Hvad fanden var det? Kan du komme ud af mit hoved! Jeg har rigeligt problemer med ham, der bor der i forvejen.'

Han havde ikke lyst til at konvertere sin hjerne til et kollektiv.

'Undskyld, Mester. Det er mit instinkt at styre mine omgivelser.'

Han havde forelsket sig i Hannes iPad, som han trykkede tilfældigt rundt på.

'Det må du godt stoppe med, for folk bryder sig ikke om at få deres hjerner fjernstyret på den måde.' svarede Jakob vredt.

Han begyndte at rode med en lille flaske, der indeholdt hans særlige dråber, som han hældte tre af i sin cola. Istvan løftede blikket fra den oplyste iPad og kiggede spørgende på Jakob.

'Det er muskelløsende medicin, som hjælper mig med at sove om dagen. Jeg kan ikke sluge piller, så det er en børnevenlig udgave.' forklarede Jakob.

Han tog en tår af sin nu særlige cola.

'Børnevenlig? Jeg har aldrig været venlig over for børn.' knurrede Istvan.

Han tog den lille tube med dråberne, som han studerede på tæt hold.

'Næh, jeg har heller ikke forstand på børn, men det her hjælper mig med at sove.' svarede Jakob.

Han gjorde mine til at gå i seng. Det var blevet sent på morgenen, og han skulle tilbage på byggepladsen igen samme aften.

'Kan du sidde op og sove? Jeg nægter at dele seng med dig.' kom det tørt fra Jakob.

Hugtænder eller ej, der satte han grænsen.

'Jeg står helst op og sover.' svarede Istvan.

Han pegede på det store klædeskab, der dækkede den ene væg i det lille soveværelse, som man kunne se fra stuen.

Jakob kiggede på den store kæmpe, mens han vurderede størrelsen på skabet.

'Du skal nok dukke dig lidt.'

Jakob rejste sig og gik ind i soveværelset. Han åbnede skabet og skubbede tøjet på bøjlestangen til side. Istvan dukkede ind under bøjlestangen. Han stillede sig med bukket nakke, før Jakob lukkede skabet og smed sig på sengen. Han glædede sig til lidt søvn, for det havde været en lang og underlig morgen. Den særlige cola virkede, for han orkede ikke engang at bekymre sig over, at han havde en vampyr sovende i sit klædeskab.

'Godnat, Istvan. Det har været en virkelig anderledes oplevelse at møde dig.' sagde Jakob.

'Godnat, Mester' kom det fra klædeskabet.

Få minutter senere sov de begge.

Kapitel 3

Hun sled sig op ad de sidste trin på trapperne. Hun havde nøglen i den ene hånd, mens den anden hånd og resten af kroppen var fyldt med opgivelse og mismod. Det var det samme hver dag, når hun kom hjem fra arbejde, havde været ude at handle eller nede med skraldespanden. Hun bandede over deres lejlighed og hvorfor den absolut skulle befinde sig på femte sal. Hun havde intet imod motion, men foretrak, at det foregik i et fitnesscenter med god musik, vand med vitaminer og nogle flotte fyre at kigge på. Hvis man så bort fra et larmende tv på anden sal, var der hverken musik, smarte vandflasker eller frække fyre på trappen.

'Hvorfor skulle jeg også flytte ind hos ham? Min lejlighed var større, federe, og så lå den på anden sal.' mumlede hun for sig selv.

Hun satte nøglen i låsen til lejligheden, der under normale omstændigheder var hjem for kun hende og Jakob.

'Den er jo meget billigere - og så kan du komme af med din studiegæld hurtigere.'

Det var en trestemmet parodi på Jakob, hendes mor og bankrådgiveren, der betragtede studiegælden som en fjendtlig overtagelse af hendes økonomi.

34

Hun sparkede skoene af og hadede allerede lugten fra soveværelset, der over de sidste timer havde sneget sig langs paneler og karme ind gennem stuen - og nu havde nået den lille gang, der delte lejligheden mellem køkken, wc og stue.

'Fy for satan, Jakob. Du får snart en prop i røven!'

Hun smed jakken på gulvet, trak nederdel og trusser ned og bakkede ind på det lille toilet. Her sad hun så og surmulede over trapper, studiegæld og den fæle lugt af prut og indelukkethed, der havde lagt sig som baggrundsstemning til hendes hjemkomst. Det var først, da hun vaskede hænder, at hun bemærkede, at Jakob endnu ikke var stået op. Han havde garanteret heller ikke handlet ind, så nu skulle hun enten ned og handle - eller indlede en magtkamp på sure miner om, hvem der var mest sulten eller mest stædig, indtil Jakob gav sig og rendte ned efter sushi.

Hun tænkte, at hun stik mod sine tilbøjeligheder til drama hellere måtte tjekke, om Jakob alligevel havde handlet ind. Det ville være spild af et hysterisk anfald, hvis hun skulle tage fejl, selvom hun følte sig rimelig skråsikker. Hun forlod de to kvadratmeter, som Jakob havde kaldt for et rummeligt badeværelse, og gik ud i køkkenet. Efter en hurtig inspektion af køleskabet konstaterede hun, at det hysteriske anfald, der snart ville eksplodere i soveværelset, var både velplaceret og velfortjent.

Der var hverken blodappelsinjuice eller aftensmad at se på hylderne i køleskabet, der ellers pralede af at have både ketchup, sennep og en marmelade fra hendes mormor i Randers på øverste hylde. Hendes humør blev ikke bedre, da hun så den tomme coladåse på det lille yndige spisebord, som hun havde fundet på et antikmarked på Amager. Hun elskede bordet, som hun forestillede sig, at en velhavende familie i København havde haft stående for årtier siden. Hun skulle lige til at brøle af coladåsen, da hun så kartonen med juice stå fremme på selvsamme bord.

'Hvad pokker! Kunne du ikke finde vej tilbage i køleskabet, lille juice? Har min hjernedøde kæreste ikke lært dig at gå i køkkenet endnu?' spurgte hun sarkastisk den intetanende karton.

Hun tømte indholdet i en slurk for ligesom at forberede stemmebåndet på, hvilke slags fornærmelser og eder der skulle luftes på en tilfældig eftermiddag i den sene ende af oktober. Hun tog en dyb indånding og rettede ryggen. Hun lod hovedet rulle lidt rundt i cirkelbevægelser for at løsne nakke og skuldre en smule. Det krævede opvarmning at være en sur kælling, og lidt af fornøjelsen ville udeblive, hvis det hele endte med en spændingshovedpine.

Hun ville nok alligevel give Jakob skylden for sin hovedpine uanset hvad, men der var langt fra at give ham skylden til faktisk at have en egentlig hovedpine.

'JAKOB!' råbte hun af sine lungers fulde kraft.

Jakob rømmede sig lidt og strakte sig dovent, som var han blevet vækket af harpespil fra søde engle, der dansede og sang i harmoni. Lige nu stod harpen for enden af sengen og samlede energi til næste udbrud.

'JAKOB! Du scha...ska...schall..Jachob.' prøvede Hanne, der forsøgte at gennemskue, hvorfor sengen stod i loftet og hvem de tre forskellige mænd i hendes seksdobbelte seng var. De tre mænd satte sig op i sengen, og to af dem nåede lige at flytte sig, inden Hannes næse torpederede madrassen i et fald, der føltes enormt smertefuldt.

'Gjorde det ikke ondt?' spurgte Jakob, der stadig var overrasket over, hvordan Hanne havde taklet sengen med ansigtet først.

Han rystede sin kæreste et par gange for at tjekke, om hun var ok. Hun gryntede lidt og kastede sig om på siden, som hun ellers kun gjorde, når han lagde an på hende.

'Har du fået handlet, eller er det min tur igen?' spurgte han indigneret.

Hanne gryntede noget vredt, som han ikke forstod. Jakob havde haft den mest bizarre drøm. Han havde drømt om en vampyr, som han havde reddet fra evig forbandelse - og som var taget med ham hjem i lejligheden, hvor de havde drukket cola og juice, inden de havde lagt sig til at sove. Han grinede lidt af sig selv og trak op i sine boksershorts, som altid endte i en sammenrullet pølse omkring lårene, når han havde sovet i mange timer.

'Hvad fanden?' udbrød Jakob.

Coladåsen og kartonen med juice stod på det skæve bord i stuen. Det havde da været en drøm, eller hvad? Det måtte have været en drøm. Jakob gentog den samme sætning i hovedet, mens han tog skridtene mod det store klædeskab, som han åbnede ganske forsigtigt.

'God morgen, Mester. Er der mere juice, for jeg er en kende tørstig?' kom det fra Istvan.

Han tog ikke notits af Jakob, der faldt bagover og satte sig fladt på gulvet.

'Det var ikke en drøm. Du eksisterer virkelig.' kom det fra gulvet.

'Ja, det gør jeg. Kan du ikke vise mig, hvordan denne her maskine fungerer?' spurgte Istvan.

Han vinkede med den iPad, han timer forinden, havde trykket manisk rundt på.

Jakob rejste sig fra gulvet og gik ind i stuen, hvor Istvan allerede ventede. Den ellers store iPad virkede usandsynlig lille i de kæmpe hænder.

'Det er en computer. Du kan slå alting op på den.' sagde Jakob,

Han vidste ikke meget om elektronik, men ved lige dele held og hukommelse fandt han frem til en søgemaskine.

'Så søger du bare efter, hvad du vil vide. Hvad vil du egentlig vide?' spurgte Jakob.

Han tænkte, at vampyrer næppe havde et fælles sted på internettet, hvor de udvekslede informationer og tips til blodsugning og den slags.

'Jeg må vide mere om alle de år, hvor jeg har været begravet.' svarede Istvan.

Han søgte og læste allerede med en fart, som ville have gjort enhver gennemsnitlig superhelt misundelig.

'Giv gas! Jeg laver noget spaghetti.' sagde Jakob.

Han forsvandt ud i køkkenet for at lave sin specialitet, der bestod af både spaghetti og ketchup. Tolv minutter senere sad han på gulvet med en tallerken spaghetti i skødet. Han havde sat sig op ad radiatoren, så han ikke kunne mærke kulden fra vinduet, der aldrig var tæt om vinteren.

Istvan sad begravet i informationer, der bragte ham på par med verdenshistorien.

'Nej, helt ærligt, Tyskland! Og så to gange!' mumlede Istvan.

Han kiggede op på Jakob, der kæmpede med at male en ketchupplet på sin T-shirt.

'Bare rolig, Istvan. Vi tog hævn i 1992.' forsikrede Jakob.

'Tredje verdenskrig?' spurgte Istvan.

'Læs nu bare videre. Jeg vil ikke ødelægge spændingen for dig.' svarede Jakob.

Han opgav indfarvningen af sin T-shirt og stillede tallerkenen fra sig. Han kiggede på uret, der viste alt for meget og besluttede sig for et brusebad.

'Jeg tager et bad. Kan jeg stole på, at du udviser samme respekt over for min kæreste, som du har udvist mig?' spurgte Jakob.

Han pegede ind i soveværelset, hvor Hanne gav ordet komatøs en helt ny betydning.

'Selvfølgelig, Mester. Jeg er ved at være sulten, men jeg lover, at jeg ikke vil bide i din trolovede.' sagde Istvan.

Jakob studerede vampyren. Han havde ikke tid til at bide nogen. Han var fordybet i alt det, der var sket gennem de sidste 140 år, og han havde tydeligvis svært ved helt at forstå udviklingen.

40

Det var tydeligt for Jakob, at Istvan prøvede at finde en mening med den verden, som Jakob, Hanne og nu Istvan levede i. Da Jakob kom ud fra badet, var alting, som da han forlod stuen minutter forinden. Istvan var begravet i viden, og Hanne var begravet i dyner.

'Hun er da helt færdig. Gad vide, om hun er blevet syg. Måske har hun spist eller drukket noget, som har slået hende ud?' spurgte Jakob. Spørgsmålet var mest en tanke, og han havde ikke forventet at få svar.

'Hun er i hvert fald børnevenlig, når hun vågner. Hun drak den sidste juice med de sjove dråber i.' kom det henkastet fra Istvan, der ikke løftede blikket fra skærmen.

'Undskyld, hvad for noget? Hvad er hun, og hvad har hun?'

'Jeg ville også være børnevenlig, så jeg hældte lidt dråber i den juice, som du gav mig. Jeg nåede ikke at drikke den, men hun må have drukket den, inden hun vækkede os med sit skrigeri.' svarede Istvan.

'Har du bedøvet min kæreste til ukendelighed?'

'Det var ikke min hensigt. Jeg ville bare være børnevenlig.' svarede kæmpen.

Han prøvede ikke at foregive en interesse for Hanne. Han var i bund og grund mere interesseret i, hvad der foregik på skærmen. Jakob fandt sin telefon frem.

'Ja, det er Jakob!'

'Ja, jeg hedder Istvan.'

Den store mand forstod ikke, hvor Jakob ville hen med sin opførsel. Jakob rystede på hovedet og stirrede på Istvan, mens han med den frie hånd pegede mod telefonen, som han holdt op til øret.

'Jeg har sgu fået noget med maven. Ja. Ja. Nok fordi jeg arbejdede længe i går, hahaha!'

Han prøvede med et af sine falske grin for at lette lidt på situationens alvor. Når man arbejdede om natten, meldte man sig ikke bare syg.

'Din mave har det da fint. Hvorfor griner du på sådan en underlig måde?' spurgte Istvan.

Han pegede på den ene hånd, som han havde sat op til øret.

'Jeg regner med at være frisk til i morgen, Hansen. Så håber jeg, at jeg er færdig med at have tyndskid.'

Jakob vendte øjne af Istvan.

'Det var da et ulækkert sprogbrug, og hvorfor kalder du mig Hansen?' spurgte Istvan.

42

Han vendte øjne af Jakob, der i mellemtiden havde vendt ryggen til sin gæst, der slet ikke kunne stoppe med at imitere sin vært. 'Hvad er der galt med dig? Jeg ringer for at melde mig syg på arbejdet, og så opfører du dig, som et barn på fem år.' hvæsede Jakob.

'Hvis du tror, at jeg er fem år, så burde du tage nogle dråber mere, for du er da ikke særlig børnevenlig.' svarede vampyren surt.

Han kiggede igen ned på tabletten, som han midlertidigt havde lagt fra sig for at kunne holde hånden op til øret.

'Det er en mobiltelefon. Man bruger den til at ringe til andre med.' sagde Jakob.

Han stak den lille udgave af en iPad i ansigtet på vampyren, der ikke gad en Mester, som talte til ham på den måde.

'Øøøøhhh... hvad sker der?' lød det fra soveværelset.

'Ind i skabet. NU!' snerrede Jakob af Istvan.

Vampyren tog den flade computer under armen og marcherede modvilligt mod soveværelset.

'iPad! Aflever, tak!' krævede Jakob.

Han stak hånden frem, men Istvan kvitterede ved at vise samtlige af sine hugtænder i en knurren.

'OK, tag den med ind i skabet!'

Jakob havde opdaget, hvor nemt han havde ved at skifte mening, når hvide hugtænder blev brugt som argument.

Istvan dukkede sig og kravlede ind i klædeskabet, som han lukkede forsigtigt bag sig, før Hanne kom helt op til overfladen igen.

'Hvad er der sket? Hvor er jeg henne?'

Jakob havde sjældent hørt Hannes stemme så mild og blød.

'Du er hjemme. Jeg tror, du har fået en virus eller noget.' svarede Jakob.

Han var bekymret for mængden af repressalier, hvis han fortalte sin kæreste sandheden. Den milde Hanne ville altid være at foretrække.

'Jeg føler mig så træt. Jeg tror bare, at jeg sover lidt mere, hvis det er i orden?'

Hanne ventede ikke på svar, men sov sekundet senere.

Jakob var overbevist om, at der ville gå timer, før han overhovedet hørte fra hende igen. Han satte sig på gulvet med fjernbetjeningen til sit tv. Han havde hængt de 65 tommer op på væggen, der delte stuen med gangen og det alt andet end rummelige badeværelse. Han faldt hurtigt over en film om et monster, der angreb tilfældige turister på en badestrand.

'Som om det overhovedet ville ske i virkeligheden.'

Han smilede for sig selv, mens han lod blikket falde mod soveværelset, hvor lyset fra en tablet skinnede igennem revnerne i døren til klædeskabet.

Kapitel 4

Hendes krop var tungere end en middelsvær kampvogn. Sådan føltes det i hvert fald, da hun døsigt forsøgte at komme ud af sin seng efter, hvad der føltes som, mange timers uafbrudt søvn. Hun kunne ikke huske så meget. Hun var kommet hjem, havde brokket sig over mangt og meget og havde drukket lidt juice. Alt, hvad der var hændt efter det, var arkiveret et sted i hjernen under glemt og borte.

'Hvad sker der lige med min fede krop.' brummede hun. Det var først efter fjerde forsøg, at hun opgav at forlade sengen, der nærmest sugede hende ned til madrassen.

'Hvad snakker du om?' kom det fra Jakob, der lå på gulvet i stuen ganske få meter væk.

Hun kunne høre noget morgenfjernsyn i baggrunden. En irriterende vært havde en irriterende sangerinde i studiet, hvor de snakkede om en irriterende ny plade, der med garanti var fyldt med irriterende musik. Enten det, eller også var Hanne en anelse irritabel efter sin søvn.

'Hvad er klokken?' stønnede hun.

Det var samtidig et støn af opgivelse og foragt over for morgenfjernsyn, morgenfjernsynsværter og sidst, men ikke mindst, morgenfjernsynsgæster.

'Den er halv ni. Du har sovet en hel del timer. Er du sulten?' kom det fra Jakob.

'Jeg kommer for sent på arbejde.'

Hendes stemme havde blot et lille strejf af vilje bag sig. Det var imidlertid rent skuespil fra hendes stemmebånds side, for der var hverken energi eller vilje at finde i Hannes krop.

'Jeg har meldt dig syg for to timer siden. Skulle hilse fra hende den sure og ønske god bedring.' svarede Jakob.

Han havde muligvis mere energi, end hun havde, men det var sjældent noget, han stod ved, når Hanne spurgte ham. De var dovne, trætte og smadrede på hver deres måde. De var på den måde det perfekte par, hvis man altså manglede to mennesker, der skulle udrette mindst muligt på længst mulig tid.

'Jeg er virkelig sulten. Jeg kunne æde hvad som helst.' prøvede Hanne.

Hun var træt og doven, men kunne trods alt udtrykke basale behov som sult og tørst. Hun fulgte derefter op med en jamren, der pointerede, at hendes hjerne ikke havde haft nemt ved at udtrykke sin sult med så mange ord på en gang.

'Hvem af os henter brød?' spurgte Jakob.

Hun kunne høre, at han endnu ikke havde bevæget sig fra gulvet. Hvis der var et OL i at være doven, ville Jakob vinde uden problemer, men han ville helt sikkert ikke møde op for at hente sin guldmedalje.

'Det gør du, Jakob. Det kan jeg love dig for.'

Den manglende energi afholdt hende ikke fra at finde overskud til lidt raseri.

'Det var en joke. Jeg er på vej.' løj Jakob.

Hun fik efter et par forsøg rejst sig fra sengen. Hun var omtåget, lettere følelsesløs i kroppen og helt og aldeles bedøvet i hjernen. Hun skulle tisse, men var helt bevidst om, at det ville kræve alt fra hende at komme ud på det lille toilet. Det var ikke bare en simpel gåtur på ganske få skridt, som det ellers altid var om morgenen. I hendes nuværende stadie var det en ekspedition, der krævede en indstilling, som lige nu lå langt over hendes øjeblikkelige fysiske formåen.

Hun besluttede sig for at finde noget tøj, og inden Jakob overhovedet kunne nå at reagere, havde hun trukket lågen på klædeskabet til side.

'Godmorgen, kære frue. Jeg håber, du har sovet godt og trygt de seneste mange timer.' kom det fra Istvan.

47

Han stod med nakken helt bøjet og måtte derfor lægge hovedet på siden for overhovedet at kunne se ud af skabet.

Hanne var stadig voldsomt omtumlet, så hun tog kun et par skridt tilbage, da hun opdagede den store mand i sit klædeskab. Hun fortsatte baglæns i slowmotion, indtil hun nåede stuen, hvor Jakob stadig lå på gulvet.

'Jakob? Hvorfor står der en stor polsk tryllekunstner i vores klædeskab?' spurgte hun med en lille stemme.

Hendes krop var stadig i bakgear. Hun lod sig til sidst falde ned i den ene af de to stole, der flankerede spisebordet med de sjove ben, som var stolene små soldater, der passede på et meget vigtigt bord.

'Jeg er ikke polak! Jeg er rumæner!' protesterede Istvan.

Han trådte ud af klædeskabet. Jakob havde endnu ikke sagt et ord. Han lignede en, der var blevet sat på pause, så hele verden bevægede sig, mens Jakob lå helt stille.

'Jakob! Der står en rumæner, der ikke er polak, inde i vores klædeskab!' konstaterede Hanne.

'Jeg er heller ikke tryllekunstner, selvom jeg deler din begejstring for den slags morskab.' fortsatte Istvan. Han smilede til Hanne, der høfligt smilede tilbage.

'Jeg kan godt lide tryllekunstnere.' fnisede Hanne.

Hun smilede bredt og en smule fordrukkent, som om hun havde vundet en konkurrence, hvor præmien var sovemiddel og trylleshow i en stor og meget underlig blanding.

'Du stiller heller ingen spørgsmål ved min tilstedeværelse i dit hjem.' sagde Istvan. Hans toneleje var behageligt. Smilet sad som klistret til hans ansigt.

'Jeg stiller ingen spørgsmål ved din tilstedeværelse i mit hjem.' svarede Hanne mekanisk.

'Jeg er sulten' sagde Jakob pludseligt. Han sprang op som om, han var blevet ramt af et lyn. Han hoppede i et par bukser, før han lod hænderne køre igennem sit blonde morgenhår, så det strittede tilpas meget.

'Det er jeg også!' sagde Hanne og Istvan i munden på hinanden.

De kiggede på hinanden, før Hanne begyndte at grine. Det mindede hende om dengang, hende og Jakob havde været på Kos sammen. Hun havde fået for meget ouzo, og var blevet særdeles kærlig. Det havde været en god aften og en endnu bedre nat.

'Jakob! Du skal nok skaffe din kæreste føde, for hun har erotiske tanker om samleje.' konstaterede Istvan nøgternt.

'Samleje? Du er da vist en værre tryllekunstner!' grinede Hanne.

Hendes stemme lød flirtende og mild.

'Jeg aner ikke, hvad I snakker om. Jeg henter brød!' sagde Jakob. Hanne så sin kæreste forsvinde ud i gangen. Istvan fulgte med.

'Jeg er altså sulten.' sukkede Istvan.

De to mænd stod i gangen, hvor den yngste af de to var i færd med at tage sko og jakke på.

'Hvad spiser du? Du lever forhåbentlig ikke af blod og indvolde?' grinede Jakob.

Han tænkte, at vampyrer umuligt kunne overleve i den moderne verden, hvis de ikke havde fået opdateret deres kostpyramide siden den tid, hvor myterne om vampyrer var blevet skabt.

'Selvfølgelig gør jeg ikke det, Mester.' svarede Istvan hurtigt.

'Hvad siger du så til et par tebirkes?' grinede Jakob, der allerede havde åbnet hoveddøren.

'Jeg spiser ikke indvolde. Kun blod!' svarede Istvan.

Jakob, der stadig havde et smil på læben, kunne mærke, hvordan alting inde i ham frøs til is.

'Blod? Hvad havde du tænkt dig? Jeg har kun det blod på mig, som jeg selv skal bruge.' klynkede Jakob.

'Jeg havde tænkt mig at suge blod ud af en person, som alligevel ikke er så vigtig.'

'Alle personer er vigtige, Istvan. Vi suger ikke blod ud af andre i den moderne verden. Det gør vi altså ikke.' protesterede Jakob.

Han havde stadig hoveddøren på klem, men var ikke nået længere end til et skridt før dørtrinet.

'Hvad med prostituerede eller de fattige, Mester?' spurgte Istvan.

Det var tydeligt for Jakob, at vampyren ikke helt forstod, hvad problemet var.

'Jeg kender ingen prostituerede overhovedet' svarede Jakob hurtigt.

Han kunne høre, hvordan han lød skuffet over, at han ikke havde bekendte, der praktiserede verdens ældste fag.

'Hvad med de fattige? Er der et sted, hvor de mødes, så jeg kan lave et forråd, Mester?' spurgte vampyren.

Jakob var selv blevet sulten, men kunne ikke helt sætte sig ind i, hvordan det måtte føles ikke at have spist i 140 år.

'Jeg kender nogle hjemløse, der sælger Hus Forbi. Jeg har ikke været så god til at købe avisen, for jeg var bange for, at de drak pengene op.' indrømmede Jakob.

Han tog sig selv i at filosofere over livets gang og den sociale ulighed, der er i Danmark.

'Så de sælger aviser?' spurgte Istvan med stor interesse.

'Kan vi ikke tage os af os dødelige og vores sult først? Så må vi kigge på de udødelige og deres problemer bagefter?' spurgte Jakob.

Han spekulerede stadig over, hvorfor det skulle være nødvendigt at være hjemløs i et rigt land som Danmark.

'Kender du flere udødelige?' spurgte Istvan.

Han var tydeligt forvirret over Jakobs kringlede formulering.

'Nej, en enkelt er rigeligt.'

Jakob smilede til den store vampyr. Han var imponeret over skiftet mellem den farlige side, som Jakob var hunderæd for, og den blide, nærmest barnlige side, der ikke forstod meget af noget som helst. Han gjorde mine til at tage det sidste skridt over dørtrinet, men stoppede op i døråbningen.

'Og Istvan?'

'Ja, Mester?' svarede kæmpen.

'Ikke noget med at bide Hanne!'

Vampyren stod i stuen, hvor Hanne sad på den ene af de to stole og halvsov. Hun vågnede med et sæt, da Istvan satte sig på Jakobs stol, der stod på den anden side af det vakkelvorne spisebord.

'Er du her endnu? Jeg troede, at du var gået?'

Hun havde hørt døren gå, men havde ikke gennemskuet, at det kun var Jakob, der havde forladt den lille lejlighed.

'Mester Jakob henter føde til dig nu.' svarede Istvan.

'Mester Jakob' fnisede Hanne.

Hun rejste sig fra stolen, så hun kunne strække sig. Hun noterede sig, at den store vampyr stirrede på hendes bryster. Hun befandt sig i en situation, der på den ene side gjorde hende en smule utilpas, men der var en slags rå seksuel tiltrækning ved den nye gæst. Hun kunne ud af øjenkrogen skimte, at den store mand rakte ud efter hende. Hun følte en spænding i kroppen, som hun aldrig havde oplevet før. Hun ville trække gardinerne fra, så hendes nye og meget attraktive gæst kunne se hendes krop så tydeligt som muligt. Intet kunne have forberedt Hanne på, hvad der skete, da hun trak gardinerne fra.

Istvan ramte gulvet i en bevægelse, som hun fornemmede som unormalt hurtig. Hun vendte sig om i forskrækkelse i samme øjeblik, som den kæmpe vampyr gled om hjørnet og ud i gangen.

'Hvor blev du af?'

Hanne tænkte, at Istvan havde gang i en besynderlig udgave af gemmeleg. Hun stod badet i efterårssolen, der lystigt skinnede ind gennem vinduet.

'Er du rar at trække for igen? Jeg er ikke så god til det med solen.' kom det fra gangen.

'Solen er ellers fyldt med vitaminer.' drillede Hanne. Hun fortsatte sin kælende flirten.

'Du trækker for nu, så der ikke sker din smukke gæst noget.' knurrede Istvan.

'Jeg trækker for nu, så der ikke sker min gæst noget.' gentog Hanne.

Sekundet senere lå stuen dækket af mørke. Istvan bevægede sig ind i stuen med svævende skridt. Han havde retning mod Hanne, der stod og smilede forsvarsløst samtidig med, at øjnene trillede rundt i hovedet på hende. Hun var stadig påvirket, men det generede øjensynligt ikke gæsten, hvis øjne skinnede. Den store mand lagde en hånd på Hannes ene bryst, mens han blottede tænder, hvis mage hun aldrig før havde oplevet i sit liv.

Hun fnes igen og gjorde et nærmest patetisk forsøg på at slå hans hånd væk. Hun smilede kærligt op til ham, da han trak hendes krop helt ind til det mørke jakkesæt, der efter hans tur på gulvet stadig sad perfekt over hans mere end to meter høje krop. Hans ene hånd forlod aldrig hendes bryst. Den anden hånd havde han omkring hende på en måde, der gjorde Hanne helt tryg og meget varm gennem hele kroppen. Hun lod sit hoved falde tilbage, mens hun stønnede.

'Hvad var det for noget med samleje lige før?' hviskede hun ophidset i hans øre, da hans ansigt nærmede sig hendes hals i en hurtig bevægelse.

'Sssshhhhhh! Bare giv slip og slap af.'

Hans stemme var helt rolig. Hanne blinkede langsomt, mens hendes vejrtrækning blev tungere. Hun så de enorme hugtænder, der nærmede sig hendes hals. Hun begyndte at skælve i hans arme, og hendes vejrtrækning gik fra tung og anstrengt til en stønnen, der ikke var til at tage fejl af. Hun kunne mærke, hvordan dyret, der holdt hende i sine arme, duftede til hendes hud. Hoveddøren gik op samtidig med, at den ekstremt ophidsende gæst lagde sine læber på Hannes hals.

'Hvad fanden har du gang i?' råbte Jakob.

Den store mand smed Hanne fra sig og kastede sig straks for Jakobs fødder.

'Undskyld, Mester. Jeg var svag og blev grebet af øjeblikket.' undskyldte Istvan.

Han græd nærmest af fortvivlelse over at have svigtet sin Mester.

'Øjeblikket? Du var ved at sætte dine hugtænder i min kæreste.' råbte Jakob.

Han brugte posen med morgenbrød til at pege mod Hanne, der lå på gulvet, hvor Istvan havde smidt hende.

Hun blinkede og prøvede at bevæge læberne, mens hun rytmisk stønnede, som om hun var blevet besat.

'Hvad sker der med min kæreste? Bliver hun også til en vampyr nu?' spurgte Jakob.

Han blev pludselig i tvivl om, hvorvidt han var kommet for sent.

'Jeg bed hende ikke, Mester.'

Istvan prøvede febrilsk at holde fast om Jakobs ene ben. For hvert skridt Jakob tog, trak han med overraskende lethed den store vampyr med sig hen ad gulvet.

'Hvad sker der med hende? Det er jo ligesom Eksorcisten!' råbte Jakob.

Uden at tænke over det, var han begyndt at banke vampyren oven i hovedet med posen fra bageren.

'Hun er bare liderlig.' konstaterede Istvan tørt.

Posen fra bageren fortsatte med at ramme ham i nakken igen og igen.

'Liderlig? Gider du fortælle mig, hvad der foregår?' krævede Jakob.

Han trak vampyren tværs over gulvet til køkkenet, inden han gav slip på posen med brød, der ikke længere fungerede som våben mod en nærmest grædende vampyr.

'Jeg ville jo bare have samleje med hende, Mester.' svarede Istvan.

Han rejste sig fra gulvet, mens han stirrede på den nu ufarlige pose morgenbrød.

'Undskyld, hvad ville du?'

Jakob var ikke helt sikker på, om han for anden gang denne morgen havde hørt ordet samleje komme ud af vampyrens mund. For Jakob lød det grangiveligt, som om den store vampyr havde sagt, at han prøvede at have samleje med Jakobs kæreste, men det kunne han umuligt have sagt. Det ville på ingen måde være okay i Jakobs bog. Vampyr eller ej!

'Jeg ville have et hurtigt samleje med Hanne, mens du var væk, Mester.'

Jakob prøvede at besinde sig, men tabte kampen efter mindre end to sekunder.

'DU SKAL FANDME IKKE KNEPPE MIN DAME!' råbte Jakob.

Istvan krøb sammen i et hjørne af køkkenet, så meget som det nu kunne lade sig gøre i det lille køkken.

'Undskyld, Mester. Jeg anede ikke, at du ville have så stærke følelser omkring Hanne.' indrømmede vampyren fra gulvet.

'Gud, hvorfor sidder han på gulvet? Har vi nogen smøger, Jakob? Jeg kunne virkelig godt bruge en lige nu.'

Hanne havde uglet hår og et smil bredere end tunnelen under Øresund.

'Nej, vi er stoppet med at ryge. Du sagde, at det var en ulækker, dyr og usund vane.'

'Jeg siger så meget, skat. Er det morgenbrød? Hvorfor gør du ikke bordet klar, så vi alle tre rigtig kan hygge os?'

Jakob kunne overhovedet ikke genkende sin kæreste. Slet ikke, da hun sekundet senere klappede ham bagi, inden hun forlod køkkenet.

Jakob lod Hanne gå ind i stuen, før han nærmede sig Istvan på gulvet og bøjede sig frem mod den flove vampyr.

'Nu lytter du til mig, hr. Samleje! Du rører aldrig ved min kæreste igen! Om så lejligheden står i lys lue, så lader du kællingen brænde inde. Hvis jeg hører, at du har rørt hende, så finder jeg dig og stikker en halv svensk regnskov igennem hjertet på dig! Er det forstået?'

Jakob blev en smule forskrækket over sig selv.

'Det lyder meget ubehageligt, Mester.'

Jakob var ikke sikker, men han mente at genkende en del mere respekt i vampyrens stemme, end han havde hørt før.

'Nu sætter vi os ind og spiser morgenmad som normale mennesker. Når det er klaret, finder vi noget blod til dig eller en hjemløs, som du kan sætte tænderne i.'

'Som normale mennesker?' spurgte Istvan forsigtigt.

Han stemte fødderne mod gulvet og løftede sig endnu engang op fra gulvet i en fysisk umulig bevægelse.

'Netop! Præcis som normale mennesker.' svarede Jakob, mens han trak smøreosten ud af køleskabet.

Kapitel 5

Der var stille omkring morgenbordet den formiddag. Kun en pakke med økologisk spegepølse og et rundstykke var trillet på gulvet, så indtil videre havde spisebordet haft en forholdsvis rolig start på dagen.

'Hvis vi skal finde noget mad til dig, så må vi tænke os godt om. Vi kan ikke begynde at myrde folk til højre og venstre.' overvejede Jakob i plenum.

Han havde ikke rigtig rørt så meget af brødet, selvom maven knurrede faretruende af ham.

'Bare det ikke er syge mennesker. Jeg kan ikke fordrage smagen af syge mennesker, Mester.'

Vampyren drak lidt af den sorte kaffe, som var blevet fremtryllet af alt for mange skefulde bønner og alt for lidt vand, lige som Istvan kunne lide den.

'Hvad mener du? Kan du smage, hvis folk er forkølede og den slags?'

Han overgav sig til noget ost, der tilfældigt havde lagt sig over et rundstykke med smør på toppen.

'Jeg drak engang fra en mand, der havde pest. Jeg havde nær aldrig fået den grimme smag ud af munden igen.'

'Det lyder satme ulækkert, men vi har ganske få problemer med pest lige i øjeblikket.'

Han lod osten blive kamufleret af lidt syltetøj, der lige tog toppen af den stærke smag fra den gamle kradse sag. Han havde under samtalen helt glemt Hanne, der sad og stoppede ansigtet med brød. Han var allerede blevet så vant til, at Hanne enten var halvt bedøvet eller fuldt stimuleret, at han helt havde glemt, at hun før eller siden ville blive sig selv igen.

'Hvad er det, I snakker om?' spurgte hun pludselig.

Hendes stemme lød igen helt normal. Der var ingen fnisen, stønnen eller kærtegn at finde i hendes stemme længere. Hun var bare Hanne igen.

'Vi snakker om, at jeg er sulten og mangler noget blod.' svarede Istvan helt skødesløst.

'Blod? Er du da en slags vampyr?'

Jakob turde ikke svare, så han overlod tjansen til Istvan.

'Nu er der kun en slags vampyrer, hvis man altså ikke tæller dem fra Australien med. De er ikke rigtige vampyrer.'

'De har måske en pung på maven og hopper sjovt, når de angriber deres ofre?' prøvede Jakob.

Det var som sådan en blanding af humor og en samtidig kortlægning af alt, hvad han vidste om Australien.

'Hvor kender I to så hinanden fra?' spurgte Hanne.

Hun tog en bid mere af sin økologiske bolle.

'Jeg gravede Istvan op nede på pladsen. Han lå i en kiste, som han ikke kunne komme ud af. Den klarede Svigermor i et hug!' svarede Jakob stolt.

Han havde nemlig selv været der og oplevet Svigermors bedrift med sine egne øjne.

'Min familie forbandede mig og efterlod mig i jorden til evig tid.' forklarede Istvan.

Det skuffede Jakob, at Istvan ikke roste Svigermor for hendes arbejde.

'Hvad sker der, hvis du ikke får blod?' spurgte Hanne.

Hun havde lagt bollen fra sig og drak nu noget te, der for Jakob lugtede af mynte og sure tæer. Den skulle efter sigende være god for hud, krop og sjæl.

'Jeg dør ganske langsomt, men I dør nok før mig, for døende vampyrer bliver ramt af en blodrus.'

Temperaturen faldt i rummet. Selv kaffen føltes koldere, da Jakob tog en slurk.

'Det skal vi måske nok prøve at undgå.' konstaterede Jakob.

Pludselig havde de et fælles problem. De tænkte alle tre over, hvordan de kunne løse problemet uden, at folk om bordet nødvendigvis skulle dø.

'Hvad med min søster?' spurgte Hanne.

Hun begyndte at grine, men Jakob forstod ikke vittigheden. Han blev pludselig i tvivl om, hvorvidt Hanne overhovedet troede på Istvans historie.

'Din søster? Jeg har aldrig været vild med hende, men behøver vi at slagte vores egen familie?' sukkede Jakob. Han hadede ikke idéen, men følte alligevel, at det var en smule over stregen.

'Han skal jo ikke bide hende! Idiot!' vrissede Hanne. Hun bankede håndfladen mod panden, som hun altid gjorde, når Jakob sagde noget dumt. Så fik hun det bedre med sig selv, for intet gjorde hende lykkeligere end at vise omverdenen, at hun var bogligt intelligent, klog og meget hurtigere tænkende end Jakob. Han havde omvendt ikke engang gjort niende klasse færdig. Et faktum, hun gjorde ham opmærksom på, når hun havde behov for at tryne ham lidt ekstra.

'Hvad skal jeg så gøre med hende?' spurgte Istvan nysgerrigt.

'Hun arbejder i en blodbank.' trumfede Hanne.

'En blodbank' udbrød Istvan begejstret.

'Det er ikke, hvad du tror!' afbrød Jakob hurtigt.

Han kunne umuligt vide, hvad Istvan tænkte, men han havde alligevel en ganske god idé.

63

'Jeg tænker bare, at hun måske ved, hvordan vi kan få fat i noget blod, uden at din ven vampyren skal bide folk til højre og venstre.'

Hanne blev ofte praktisk omkring tingene, når hun først var følelsesmæssigt investeret. Der var åbenbart intet som en overhængende trussel om et frontalangreb mod hendes hovedpulsåre, der fik hende motiveret og engageret i projektet.

'Min ven vampyren har et navn. Han hedder altså Istvan.'

'Bor hun langt væk? Kan vi sende en drosche efter hende?' spurgte Istvan.

'Jeg ringer til hende med det samme.'

Hanne greb sin mobiltelefon fra vindueskarmen. Jakob var stadig en smule vred over, at hun altid skulle udstille ham, når der var gæster i deres hjem.

'Okay, kloge. Hvad har du tænkt dig at sige? Jakob har adopteret en vampyr, så nu mangler vi lidt blod. Har du noget ekstra på arbejdet, som vi må få?'

Han prøvede at imitere Hannes stemme, men hun ignorerede ham fuldstændigt.

'Hej smukke, det er mig. Er du på arbejde?'

Hun sendte Jakob den universelle gestikulation med den midterste finger.

'Ja, jeg ved det godt, men vi har haft så travlt. Jakob arbejder fast nat, så det bliver ikke til så meget socialt.'

Hun rullede øjne, som var hun en defekt enarmet tyveknægt, der kun udbetalte i eder og forbandelser, men sjældent gav den store jackpot. Jakob kunne faktisk ikke huske, hvornår han sidst havde set sin kæreste nøgen og tænkte, at han havde mere styr på formerne på frøken oktober fra kalenderen i skurvognen.

'Jakob og jeg snakkede om noget sjovt her til morgen. Smider I nogensinde blod ud på dit arbejde?'

Hun prøvede at lyde pjattet, som om spørgsmålet var helt og aldeles forrykt, men alligevel så sjovt, at man bare måtte spørge.

'Nå, gør I det? Det var da interessant. Hvad sker der så med det?'

Hun signalerede med tommelfingeren, at hun var både klogere, smartere og flere niveauer over Jakob på alle parametre. Enten det, eller også følte han sig bare ekstra trynet.

'Nå, smukke. Jeg må også videre. Vi skal også snart ses. Nej, det behøver du ikke. Jeg skal nok ringe, når vi får tid.'

Hun lagde telefonen fra sig, inden hendes søster fik chancen for at svare.

'Kunne Smukke så hjælpe mig?' spurgte Istvan.

Han slikkede sig om munden, hvilket gjorde Jakob en smule urolig.

'De smider blod ud hver dag. Det bliver samlet i dunke og stillet i en aflåst container, der bliver tømt hver mandag.' triumferende Hanne.

'Og de har lukket i weekenden, så den bedste dag at kigge forbi må nødvendigvis være om fredagen.' fortsatte Jakob.

Han ville også bidrage med noget fornuftigt, så det ikke kun var Hanne, der brillierede med al sin viden.

'Hvilken dag er det i dag?' spurgte Istvan.

Det var ikke et urimeligt spørgsmål, eftersom vampyren dårligt havde styr på årstallet.

'Det er fredag.' svarede Jakob.

'Så må vi på besøg i blodbanken i aften.' sagde Hanne.

De to kærester fik øjenkontakt over det skæve bord. Jakob genkendte noget i Hannes blik, som han øjeblikkeligt reagerede på. Hvis bare han kunne huske, hvad det blik betød.

'Jeg har lyst til dig.' sagde Hanne uden omsvøb.

'Mig? Hvad har jeg nu gjort?'

Det kom bag på ham, at Hanne kunne finde på at sige sådan noget - især foran andre mennesker... og vampyrer.

'Vi er jo en slags lovløse kriminelle.' sagde hun og smed sin top.

Jakob blev pludselig en smule forarget over sin kærestes voldsomme løssluppenhed.

'Vi er strengt taget ikke kriminelle endnu. Vi har kun ringet til din søster og spurgt om noget blod.'

Han kiggede væk fra hendes bryster, som han pludselig følte stirrede på ham.

'Kom nu og tag mig!'

Hanne sprang op fra stolen. Hun styrede direkte mod soveværelset og sengen, som hun åbenbart havde udset som gerningssted for dagens uartigheder.

'Må jeg være med?' spurgte Istvan begejstret.

'NEJ!' råbte Jakob og Hanne i munden på hinanden.

'Nå, men jeg er i skabet, hvis I skulle skifte mening.' snerrede kæmpen.

Han tog Hannes iPad på kommoden i soveværelset, inden han fornærmet lukkede skabsdøren bag sig.

'Vi må altså finde en kiste, han kan sove i.' sagde Jakob.

Han smed tøjet foran Hanne, der allerede var nøgen.

'Så kan vi også bolle i den, når han ikke bruger den.' grinede Hanne.

En pludselig tanke strejfede Jakob.

Ikke engang da de var nyforelskede, havde hun været så vild i varmen, som hun var lige nu. Heldigvis overtog ophidselsen styringen af hans krop og hjerne, der hurtigt skød alle bekymringer ned.

'Vi kan også starte med at bolle i klædeskabet, når han ikke bruger det.' fortsatte Hanne.

'Så skal I nok tage de her ting ud, for de er meget ubehagelige for ryggen.' kom det inde fra skabet.

Sekundet senere fløj en håndfuld metalbøjler ud af klædeskabet.

Kapitel 6

'Mester Jakob!' kaldte Istvan.

Jakob rømmede sig. Han var faldet i søvn. Aftenmørket strakte sig dybt ind i lejligheden, hvor kun små dioder mindede beboerne om, at de havde ting stående på standby.

'Mester Jakob!'

Vampyren var utålmodig. Noget irriterede ham, men Jakob skulle lige bruge to minutter på at vågne op.

'Sover du?' kaldte Istvan.

'Hvis du spørger, om jeg hører klokken, så ryger du ud på røv og albuer.' kom det fra Jakob.

Hans hals var tør, hans mave var tom, men hans blære var derimod fyldt.

68

Alligevel havde han ikke lyst til at stå op. Halsen, maven og blæren kunne sagtens vente fem minutter mere.

'Klokken? Der er ingen klokke, men mobiltelefonen fra LG siger sjove lyde.' kom det fra Istvan.

Mens Jakob havde horet og sovet, var vampyren åbenbart blevet en del klogere på den moderne verden.

'Jeg skal bare lige...' klagede Jakob, men blev afbrudt af dørtelefonen, der aldrig tog hensyn til, om folk sov, spiste eller var i bad.

Jakob rejste sig fra sengen og lod dovent sin krop falde ud over kanten, indtil han kom på benene. Han traskede mod døren, som var han på vej mod skafottet.

'Jaaaaa?' knurrede han, mens han holdt knappen til dørtelefonen inde.

'Godaften, den herre. Kunne vi friste med en bibel eller en skønsang i Jesu navn?' lød en skurrende stemme fra den lille højttaler på dørtelefonen.

Jakob skulle lige til at svare, da Istvan pludselig stod ved siden af ham. Vampyren havde bevæget sig hurtigere end lysets hastighed - og havde med en enkelt negl flækket dørtelefonen over på midten.

'Hvad fanden laver du? Er du klar over, hvad sådan en tingest koster?' spurgte Jakob.

69

Han vendte sig mod Istvan, hvis øjne oplyste hjørnet af den lille gang.

Jakob kunne tydeligt se hugtænderne i skæret fra de røde øjne, der lyste i et udtryk af vrede og foragt.

'Det er min familie. Det er jeg sikker på.' knurrede Istvan. Han løftede Jakob væk fra hoveddøren i en let bevægelse.

'Din familie? Du kan da ikke invitere folk hjem uden ikke lige, at sige noget til os først.' sagde Jakob.

'Min familie! Den familie, der gravede mig ned for al evighed?' knurrede vampyren.

Jakob kunne mærke, at Istvan, ligesom Hanne, var lidt træt af, at Jakob ikke var hurtigere på aftrækkeren.

'Nååå dem!'

'Ja! Dem! Få noget tøj på og få vækket din kæreste, Mester. Hvis de finder os heroppe, er vi alle døde.' kom det køligt fra vampyren.

Jakob reagerede med det samme. Han kæmpede i mørket med boksershorts og sokker samtidig med, at han prøvede at få liv i Hanne, der lå nøgen på sengen og sov.

'Hanne! Vågn op! Istvans familie er her!'

Han bandede samtidig over sine boksershorts, som han havde fået omvendt på.

'Nej, hvor hyggeligt. Sætter du vand over til te?' kom det søvndrukkent fra sengen.

'Gider du lette røven? Istvans familie står på gaden. De myrder os alle sammen!'

Hanne sprang op, som en trold af en æske.

'Du skal fandeme ikke bede mig om at lette røven, din fede idiot!' Før Jakob havde fået sine bukser på, var Hanne i færd med at klæde sig på i en fart, som han havde forsvoret ville være muligt.

'Er der en anden udgang end hoveddøren?' kaldte Istvan fra gangen.

Hans stemme lød nogenlunde normal igen, så Jakob formodede, at vampyren igen havde nulstillet sine hugtænder og de selvlysende øjne.

'Der er en bagtrappe i køkkenet.' råbte Hanne.

Hun var allerede fuldt påklædt og stod klar i et par gummisko, der normalt tog ophold i hendes fitnesstaske.

'Der er bare ingen anden udgang fra gården end lågen ud til vejen, og så er vi lige vidt.' forklarede Jakob.

Han stod klar med Hannes jakke i gangen. Hun greb den og tog den på i samme bevægelse. Hvis Jakob ikke vidste bedre, kunne det lige så godt have været Istvan, der lavede den manøvre.

71

Hanne havde åbenbart en helt særlig evne til at være konstruktiv, produktiv og omstillingsparat, når det virkelig gjaldt. Jakob var blevet en hel del klogere på sin kæreste inden for de seneste få timer.

'Der er ingen aktivitet på trappen, så de må stadig være på gaden eller i gården.' forklarede Istvan.

Han snoede sig mellem lejlighedens to beboere og tog et skarpt sving ud i køkkenet, hvor han åbnede det store køkkenvindue. Regnen var begyndt at falde, og man kunne fornemme, at nedbøren var kold, grim og efterårsagtig.

'Kan du se dem dernede?' spurgte Jakob.

Han kunne se på Istvan, at han var i gang med at udtænke og iværksætte en flugtplan.

'Det er ikke vigtigt, om jeg kan se dem, så længe de ikke kan se os. Lad os komme af sted.'

Istvan kravlede op i vindueskarmen og placerede sig, så Jakob og Hanne kunne komme forbi.

'Øh, det er ikke bagtrappen, medmindre du kun vil tage et skridt ned.' kom det fra Hanne.

Hun rystede på hovedet, da den store vampyr viste vej ud gennem vinduet.

'Grib fat i tagrenden og gå langs stenene.' krævede Istvan.

Han pegede på murstenene under vinduet, der dannede en kant, som fortsatte langs husets væg.

Kanten var ikke mere end fem centimeter og absolut ikke velegnet til at gå på.

'Er du klar over, at vi dør, hvis vi falder ned?' Hanne fortsatte sin hovedrysten.

'Er du klar over, at du dør, hvis du ikke kravler ud ad det vindue lige NU!' snerrede vampyren.

Istvans øjne lyste op, og Hanne trådte et skridt tilbage.

'Kom så, skat! Vi må gøre, som han siger.' forklarede Jakob med en overbærende tone.

'Du skal fandeme ikke kalde mig for skat, når du beder mig om at begå selvmord. Er det forstået, Jakob?'

Jakob sukkede og trak sig forbi Hanne, der stadig stod to skridt fra vindueskarmen.

'Så går jeg først!'

Han greb Istvans hånd. Den store vampyr løftede med en let bevægelse Jakob ud ad vinduet og stillede ham på den lille kant, hvor han holdt fast, indtil Jakob havde fat i tagrenden.

'Hvorfor venter du aldrig på mig, Jakob?' klynkede Hanne.

Jakob hørte ingenting. Han så i stedet sit liv suse forbi sine øjne, mens han forsigtigt tog et skridt ad gangen langs siden af huset. Han var næsten nået til sin konfirmation, da Hanne brølede af ham.

'Jakob, du er altså bare verdens største røvhu....'

Længere nåede hun ikke, før Istvan havde grebet fat om hendes nakke med en af sine store hænder. Hendes krop faldt livløst sammen, og den store vampyr løftede hendes slappe krop op under armen, hvor han fik et greb om den ellers normalt så livlige kvinde. Han kravlede ud ad vinduet, mens han holdt fast i tagrenden med den ene hånd. I den anden hånd holdt han Hanne i et favntag.

'Har du slået hende ihjel, Istvan?'

'Hvis hun var død, slæbte jeg ikke rundt på hende. Kom nu videre, Mester.' insisterede Istvan.

Han så ubesværet ud trods sin størrelse og det faktum, at han bar rundt på en kvinde på 75 kilo – eller næsten 67 kilo, hvis Jakob spurgte hende, når hun klagede over tøj, der strammede.

'Har du slået hende bevidstløs, for så vil jeg gerne lære, hvordan du gør?'

Han sled sig videre langs væggen, der blev mere og mere glat, efterhånden som regnen faldt. De kæmpede sig frem langs husvæggen i en fart, der måske ikke var til verdensrekorder, men alligevel ganske imponerende. Da de nåede enden af husblokken, kravlede Istvan op ad nedløbsrøret med akrobatisk lethed.

Han lagde Hanne fra sig på tagstenene, der kun havde en svag hældning, mens han trak Jakob op på det regnvåde tag.

'Hvad er planen så nu?' spurgte Jakob, da han stod fuldt oprejst på et tag, han aldrig havde regnet med nogensinde at skulle stå på.

'Der er ingen plan. Vi må finde en vej over tagryggene.' Istvan havde allerede Hanne over den ene skulder. Han pegede på en tagryg længere fremme og bevægede sig forsigtigt frem over tagstenene, der var uvante med besøg fra både vampyrer og mennesker. De var ikke særlig gæstfrie, så det var med forsigtige skridt, at de to ubudne gæster bevægede sig frem.

'Hvordan ved vi, om de stadig er efter os?' spurgte Jakob. De var nået til enden af taget og stod klar til et kort spring på under en halv meter til næste tagryg, der havde en hældning, som i Jakobs øjne var en del farligere.

'Du kan jo gå tilbage og kigge efter?' foreslog Istvan køligt.

Jakob ignorerede forslaget og fokuserede derfor på den næste udfordring.

'Skal jeg springe først?' spurgte Jakob.

Han nåede kun lige at gøre sætningen færdig, før Istvan forlod tagryggen og landede sikkert på den anden side.

Han var tæt på at tabe Hanne undervejs, men fik fat i hendes ene balle i sidste sekund, så han kunne skovle hende op under armen igen.

'Okay, så du springer først.' kom det tørt fra Jakob.

Han gik et skridt tilbage, inden han sprang over på den næste tagryg. Han landede perfekt på begge fødder og åndede lettet op. Han skulle lige til at sige noget, da tagstenen under Jakobs højre fod gav efter. Han gled så lang han var og faldt ned på taget, som pludselig var gået fra en regulær tagkonstruktion til en glidebane, der absolut var konkurrencedygtig med de fleste forlystelser i alverdens forlystelsesparker.

'Istvaaaaaan!' skreg Jakob.

Hans krop havde afbrudt al kommunikation med hjernen. Han fortsatte sin glidetur ned ad taget. Den store vampyr lagde Hanne over midten af tagryggen og lod sig glide forlæns ned ad taget i, hvad der lignede et umuligt forsøg på at overhale Jakob. Da Istvan nåede Jakob, greb han fat i sin Mester. Med den anden hånd bremsede han farten ned ad taget med sine sylespidse negle. I sidste sekund fik han fat i tagrenden med det yderste af de lange negle. Jakob hang i Istvans arm en meter længere nede, hvor han dinglede langs husmuren.

'Jeg vil ikke dø, Istvan.' råbte Jakob.

Han sprællede som en fisk, selvom alting inde i ham skreg, at han skulle forholde sig i ro.

'Jeg gør alt, hvad jeg kan, Mester.' kom det fra vampyren, der var utrættelig.

Han prøvede at løfte sig op med den ene arm, der hang stædigt fast i tagrenden, men Jakob vejede for meget og trak Istvan for langt ned.

'Undskyld, Mester.'

Han kiggede ned på Jakob, der fik øjenkontakt med Istvan, da han hørte undskyldningen.

'Nej, nej, nej! Jeg er din Mester!' skreg Jakob panisk.

Det var for sent. Istvan trak armen så langt ud fra husmuren, som han kunne, før han kastede Jakob gennem et vindue til øverste etage. Han kunne høre Jakob bande og svovle fra et sted under ham, før han løftede sig op på taget. Her kunne han se Hannes krop ligge gennemblødt i regnen. Han tog det første skridt op ad tagryggen, da en skygge dukkede frem fra den anden side af taget.

'Slemme Istvan. Du er en uartig dreng.' tordnede det fra en dyb stemme.

Istvan frøs indvendigt, så meget som det nu kan lade sig gøre for en koldblodig vampyr.

'Min kære fætter Alin. Jeg ville ønske, at du var blevet væk.' svarede Istvan.

Han nåede tagryggen med ganske få skridt. Alin ventede tålmodigt ganske få meter fra Hanne, der stadig lå bevidstløs i regnen.

'Jeg vil ikke slås med dig, Istvan. Jeg vidste, at det kun var et spørgsmål om tid, før du kom tilbage. Livet uden dig var for godt til at være sandt.'

Istvan kunne ikke undgå at bemærke det skæve smil, der formede sig i fætterens mundvige.

'Jeg har ikke noget problem med dig, Alin, men du ved godt, at jeg ikke kan tillade dig at rapportere tilbage til din far.' svarede Istvan køligt.

Han vidste godt, at han ikke umiddelbart var i fare. Det ville han til gengæld være, hvis hans fætter Alin nåede tilbage til Rumænien med nyheden om Istvans befrielse.

'Min far vil ellers være henrykt over at høre om din tilbagevenden fra de døde. Han har ofte fortrudt, at vi ikke slagtede dig, da vi havde muligheden.' knurrede Alin.

Han kiggede ned på Hanne, der var ved at komme til sig selv igen. Regnen havde trukket hende ud af bevidstløsheden.

Hun ville helt sikkert hverken være charmerende eller imødekommende, så Istvan måtte handle hurtigt. Han satte kurs direkte mod Alin, der med det ene ben forsigtigt skubbede til Hannes stadig livløse krop. Istvan måtte stoppe sit angreb mod Alin i sidste sekund, da Hannes sanseløse legeme begyndte sin glidetur mod kanten.

'Det er ikke nemt for dig, kære fætter. Hvem vil du helst redde? Dig selv eller skøgen?' grinede Alin.

Istvan skulle ikke bruge tid på at beslutte sig. Han lod sig endnu engang falde ned fra taget med hovedet først, men denne gang var han hurtigere og bedre forberedt. Han greb fat i Hanne og stoppede sin fremdrift, inden de overhovedet nærmede sig tagrenden.

'Hvad foregår der deroppe? Er I okay?' kom det fra Jakob.

Han lænede sig ud ad vinduet for at se, hvad der foregik nogle meter over hovedet på ham. Istvan kunne ud af øjenkrogen observere sin fætter, der allerede var på vej væk fra tagryggen. Øjeblikket senere kunne Jakob trække Hanne ind ad vinduet, da Istvan havde lagt sig fladt på maven, mens han forsigtigt firede Hanne ned langs siden af huset. Hun vågnede, da Jakob trak hende ned på stuegulvet i nogle fremmede menneskers lejlighed.

Parret var gudskelov ikke hjemme, for det smadrede vindue og de knuste potteplanter, der lå spredt ud over gulvet, ville være svære at forklare.

'Jakob? Jeg drømte, at vi kravlede ud ad vinduet i køkkenet.' udbrød Hanne, da hun endelig satte sig op midt på gulvet.

Istvan gled ind ad vinduet i samme øjeblik, og de tre var atter samlet med fast grund under fødderne. Han hjalp Hanne og Jakob op fra gulvet og studerede dem begge. De var ikke kommet noget til - bortset fra et par småskrammer på Jakobs hænder og arme, der kun blødte en smule.

'Vi har ikke meget tid. Min fætter ved, at jeg er i live og er ude af kisten. Det er kun et spørgsmål om tid, før hele min familie kommer efter mig.' sagde Istvan, der allerede var på vej mod hoveddøren.

'Hvad snakker han om?' spurgte Hanne.

Jakob trak hende ud i gangen af lejligheden - lige i hælene på den store vampyr, der allerede stod på trappen.

'Vi VAR ude og kravle både på væggen og på taget. Det var ikke en drøm.' forsikrede Jakob.

Han hjalp Hanne ned ad trappen så hurtigt, han overhovedet kunne. Istvan var allerede en halv etage foran parret, der måtte opføre sig som almindelige dødelige og derfor ikke kunne tage flere trin ad gangen.

Da de, efter hvad der for Istvan føltes som alt for lang tid, nåede gadedøren, tog Istvan chancen og løb direkte ud på gaden. Alin kunne have ventet på ham, men Istvan vurderede sin fætter til at være en kujon, der sandsynligvis havde mere travlt med at komme hjem end noget andet.

'Vi skal hen til din drosche, Mester. Jeg har brug for føde, og det skal være nu!' krævede Istvan.

De løb alle tre mod bilen, der stod parkeret, hvor Istvan og Jakob havde forladt den dagen før. Jakob tog førersædet med Istvan som passager. Hanne blev henvist til bagsædet.

'Hvad med dem, der var efter os? Skal vi holde øje med dem?' spurgte Jakob, netop som motoren på bilen startede.

'Det var min fætter Alin. Han er en kujon. Han slap væk fra taget for at hente forstærkninger. Om et par dage vil hele min familie ankomme!' svarede Istvan.

Han følte sig febrilsk og en smule ude af sig selv. Roen, der ellers hvilede over ham, var forduftet for en tid.

'Overlever vi det her?' spurgte Jakob.

'Alle mennesker dør før eller siden.' svarede Istvan.

Hans stemme blev en smule forplumret af de skarpe tænder, der skinnede i lyset fra gadelamperne.

'Jeg ville foretrække, hvis vi kunne overleve bare lidt længere, Istvan.' sagde Jakob og trådte på speederen.

Bilen, som Istvans mester kaldte for Lola, susede ud af
byen med en sjældent set fart og havde kurs direkte mod
forstæderne, hvor blod i store dunke forhåbentlig ventede
Istvan, før det var for sent for dem alle tre.

Kapitel 7

'Jeg kan ikke se en skid. Er det her, Hanne?' spurgte
Jakob.

Han spejdede ud i aftenmørket, der nægtede at afsløre
meget andet end aften og mørke.

'Jeg har kun været her en enkelt gang, men jeg tror, at det
er nede for enden af vejen.' svarede Hanne.

Jakob kunne høre på hende, at hun heller ikke anede,
hvor de var henne, og om de overhovedet var på rette vej.

'Er vi ikke tilbage, hvor vi kom fra?' spurgte Jakob.

Han følte pludselig, at hele industriområdet lignede
hinanden. Bunkevis af grå bygninger og lagerhaller, der i
mørket lignede kedelige grå kasser.

'STOP!' knurrede Istvan.

Jakob hamrede bremsen i bund og Lola stoppede så
øjeblikkeligt, som de nedslidte bremseklodser nu engang
tillod.

'Hvad sker der?' spurgte Jakob.

Han havde nær trådt foden igennem bunden af Lola, mens Istvan allerede var på vej ud af bilen.

'Jeg finder det selv. Min lugtesans er bedre end din stedsans, Mester.' råbte Istvan.

Han havde på ingen tid nået den modsatte kantsten.

Sekundet senere var kæmpen gemt i nattemørket.

'Som om min stedsans fejler noget.'

Hanne sagde ikke noget. Det tog Jakob som en fornærmelse. Hun kunne da godt lige have givet ham ret.

'Hvor fanden rendte han hen?'

Stilheden blev alligevel for voldsom for ham.

'Du kan jo bruge din gode stedsans.' kom det sarkastisk fra bagsædet.

'Jeg kan da også bare stige ud og råbe efter ham.'

Han smækkede døren efter sig. Hanne burde ikke være i tvivl om, at han følte sig forrådt og fornærmet.

'ISTVAAAAAN!'

Hans stemme fyldte kort aftenmørket, før alting igen lå stille hen i industrikvarteret. Efter en tids venten fyldte han sine lunger med den kolde aftenluft og gjorde klar til at råbe endnu engang.

'Jeg har fundet det. Det er lige herhenne.' kom det fra bag et hegn, ganske få meter fra, hvor Jakob stod.

'Jeg sagde jo, at min retningssans ikke fejlede noget.'

Hanne sad på bagsædet og ignorerede ham. Hun kunne sagtens høre ham, men hendes selektive hørelse slog til igen. 'Der er masser af blod, men vi skal have droschen ned ad den lille vej længere fremme.'

Istvan pegede fremad, før han igen forsvandt tilbage i mørket. Regnen havde taget til og piskede nådesløst ned på Jakob, der mere følte sig som chauffør end som mester.

'Hørte du, hvad han sagde? Han sagde, at du skulle køre bilen frem til den lille vej.' kom det fra Hanne.

Jakob lod som ingenting og satte sig ind i bilen. Han fangede Hannes blik i bakspejlet. Hun smilede med øjnene, hvilket var mere irriterende end hendes normale smil. De kørte ned ad den lille vej, hvor Lolas forlygter fangede Istvans skygge for enden af vejen. Den store vampyr ventede utålmodigt foran en stor låge. Hanne steg først ud af bilen og studerede den enorme låge, der inde fra bilen ikke lignede en forhindring, der ville blive let at forcere. Området var mørklagt, men genskin fra månen og lys fra gadelamper i det fjerne gav Jakob et indtryk af, at der ikke var tale om en særlig stor bygning. Da han steg ud, var Hanne ved at forklare Istvan, at selve komplekset var i to plan, hvor det nederste plan var under jorden. Istvan kravlede let op over det store hegn, og med samme lethed forsvandt han endnu engang ud i mørket.

'Nå, så smuttede han igen…' begyndte Jakob.

'Vi skal være to til at bære blodet fra den store metalkasse.' lød det fra bag hegnet, hvor Istvan igen dukkede op.

Jakob skimtede gennem hegnet. Han formodede, at Istvan talte om en container, men kunne hverken se kasser, containere eller andet.

'Hvad gør vi med låsen?' spurgte Hanne.

'Droschen kan ikke komme ind.' forklarede Istvan.

Han pegede ud i nattemørket. Jakob havde ingen ide om, hvad vampyren pegede på. Istvan var imidlertid i gang med at vride den enorme kædelås fra hinanden med de bare hænder.

'Det er altså en kæde, som man ikke bare kan…'

Kæden knækkede fra hinanden og afbrød Jakobs formaninger.

'Hvis man altså er et normalt menneske.'

Istvan forsvandt endnu engang. Hanne åbnede gitteret, men de nåede ikke gennem lågen, før Jakob genkendte lyden af endnu en kæde, der blev trukket fra hinanden. De fulgte lyden og sekunder senere stod de foran en hvid container. Inde fra containeren kunne Jakob høre Istvan flytte noget tungt rundt langs metalbunden.

'De er store. Der er mindst 25 liter i hver kasse.' råbte Istvan begejstret. Jakob nåede lige at trække Hanne til side, før Istvan kom susende ud af containeren med en dunk under hver arm, som han hurtigt forsvandt tilbage mod bilen med.

Jakob og Hanne gik ind i den om muligt endnu mørkere container og fandt hurtigt en dunk hver, som de forsøgte at løfte. Jakob løftede uden problemer en enkelt, men måtte indse, at han kun kunne bære én ad gangen. Hanne måtte opgive efter en del desperate forsøg. De var kun lige kommet ud af containeren, da Istvan kom tilbage.

'Jeg tager to mere. Kan en af jer vende droschen?' spurgte Istvan.

Han havde allerede fat i to dunke mere, før nogen kunne nå at reagere.

'Skal jeg så vende bilen?' spurgte Hanne.

Selv om det var mørkt, var Jakob ikke i tvivl om, at hun igen smilede med øjnene. Det forholdt sig sådan, at Jakob aldrig lod Hanne køre i Lola. Denne gang havde han intet valg. Han stak den frie hånd i lommen og overlod Hanne nøglerne til Lola. Hun gik triumferende i forvejen, mens Jakob kæmpede med den enorme dunk, der var ved at overmande ham.

Han havde kun gået få meter, før han blev overhalet af Istvan, der igen havde armene fyldt. Jakob bandede af sig selv og slæbte videre. Da han endelig nåede bilen, blev han igen passeret af vampyren, der var på vej tilbage til containeren efter endnu mere blod.

'Du er en morakker, Istvan!' klagede Jakob.

Vampyren var allerede væk, så Jakob stillede den store dunk fra sig. Pludselig lå Lola badet i skarpt lys, der pegede direkte på Jakob.

'Hvad sker der hernede? Der er adgang forbudt.' kom det fra en stemme.

Manden stod bag det skarpe lys, og Jakob kunne derfor hverken se manden eller det køretøj, der var særdeles veludstyret med lys og lamper.

'Vi har et problem med bilen. Vi kører lige om lidt.' råbte Hanne, der allerede var sprunget ud af bilen.

'I har to minutter til at komme af sted. Ellers kontakter jeg politiet.'

'Det er bare en vagt.' sukkede Jakob.

Han havde været overbevist om, at det havde været politiet, så tanken om en vagtmand var pludselig til at overskue. Han havde mødt nok nattevagter på byggepladser rundt omkring til at vide, at de sjældent var særlig dedikerede eller farlige.

Lyset faldt direkte på Jakobs side af Lola, og derfor kunne vagten umuligt se Istvan, der lystigt fyldte passagersiden med dunke fyldt med blod, hurtigere end et normalt menneske ellers ville være i stand til. Da den syvende og sidste dunk var læsset ind på bagsædet, sprang Istvan ind i bilen, hvor han måtte løfte en dunk for at finde plads til sig selv. Jakob kunne gennem vinduet se vampyren, der var fuldstændig klemt inde bag dunke, som fyldte den gamle stationcar. Han rystede på hovedet, før han steg ind i bilen, bakkede rundt og kørte i langsomt tempo mod det, der nu viste sig at være en hvid varevogn med et logo fra et vagtfirma på siden. Jakob overvejede kort, om han skulle rulle vinduet ned, da han hørte et knæk og en meget våd lyd fra bagsædet. Istvan havde bidt hul i bunden af den store dunk, der øjeblikkeligt flækkede. Resultatet udeblev ikke, da litervis af blod sprøjtede ud. Den nu flækkede bund fungerede som en sprinkler og skød en fontæne af blod ud til alle sider af den lille bil. Selv forruden blev stænket til med blod, der drev ned i tykke røde dråber.

'Hvad fanden laver du?' råbte Jakob.

Han blev oprigtigt forskrækket over det blodrøde scenarie, der udfoldede sig yderligere sekund for sekund, som de nærmede sig den hvide varevogn.

Jakob vendte sig og så bagsædet, de fyldte dunke og ikke mindst Istvan, totalt dækket i blod. Vampyren var umiddelbart den, der så mest tilfreds ud med tingenes tilstand.

'Det var et uheld, Mester.' kom det fra Istvan.

Han havde ansigtet begravet i den røde drik, der tidligere havde fristet en tilværelse i årerne på ganske normale mennesker.

'Vagten! Gør dog noget, Jakob!' råbte Hanne.

Hun pegede mod vagten, der iført kasket og medfølgende lommelygte havde direkte kurs mod Lola, der lige nu mest af alt lignede en halalslagtet Toyota indvendigt.

'Hvad vil du have mig til at gøre? Køre ham ned?'

Istvan råbte ikke, men fortsatte med at drikke så meget af blodet fra dunken, der snart nærmede sig en tredjedel tom.

Han holdt dunken på siden, så han havde kontrol over, hvor meget af det rødlige stads der slap ud af den ødelagte plastdunk. Ikke overraskende bankede vagten på sideruden med sin lommelygte, selvom Jakob prøvede at snige Lola forbi. Jakob rullede sit vindue ned.

'Er der et problem? Har vi gjort noget forkert?'

'Hvad er der sket med jeres bil? Er I ok?' spurgte vagten.

Jakob kunne ikke i sin vildeste fantasi forestille sig, at vagten ikke allerede havde bemærket den blodrøde inderside af forruden.

'Vi har haft et uheld med bilen og nogle dunke med maling.' prøvede Hanne.

Hun lænede sig over Jakob og stak vagten et kæmpe smil.

'Hvad laver I overhovedet herude?'

Jakob kunne ikke tro sine ører. Vagten havde åbenbart købt historien med malingen.

'Min søsters kæreste har et værksted i området, og jeg mente, at det lå hernede ad denne vej.' svarede Hanne.

'Men hun tog fejl. Kvinder har jo ingen stedsans!' grinede Jakob nervøst.

'Jeg tror, at I skal komme hjem og få klaret al den maling. Ellers får I aldrig den kabine ren igen.'

'Det vil vi gøre.' svarede Jakob.

Han rullede vinduet op, inden han fik sat fart under Lola, der forsigtigt sneg sig forbi vagten og den hvide varevogn.

Få sekunder senere var de tilbage på hovedvejen og kunne igen ånde lettet op.

'Av for satan. Hvorfor slår du?'

Jakob kiggede forurettet på Hanne.

'Der er ikke noget galt med min stedsans!' klagede Hanne.

90

Hun satte punktum ved at placere en knytnæve hårdt på Jakobs lår.

'Hvis du gør det en gang til, så pander jeg dig en!' advarede Jakob.

'Hvis du pander mig en, så river jeg nosserne af dig.' truede Hanne.

Jakob kunne mærke, hvordan han var ved at miste al selvkontrol. Han havde aldrig før følt sig truet på sin maskulinitet, men timerne med Istvan havde gjort ham usikker. Nu ville han ikke også stå model til en kæreste, der hånede ham, slog ham og truede ham på hans testiklers velbefindende. Han trådte på bremsen og vendte sig mod Hanne.

'Så er det fandeme ud! UD AF MIN BIL!' råbte Jakob.

Hanne åbnede langsomt sin dør i trods, men Jakob fandt modet til at hjælpe hende på vej med et hårdt skub, der sendte hende sidelæns ud af bilen. Istvan forholdt sig roligt på bagsædet med sin lille femogtyve liters madpakke, da bilen igen satte i gang.

'Jeg giver hende 48 timer.' kom det fra vampyren.

Jakob tørrede bakspejlet fri for blod med ærmet på sin jakke. Han så på Istvan, der både så mæt og tilfreds ud. Han lignede en mand, der glædede sig til otte gode timer i et klædeskab.

91

'Hvorfor giver du Hanne 48 timer?'

Han lød vred, for han var absolut ikke varm ved tanken om, at nogen skulle give Hanne noget som helst - og slet ikke 48 timer, som hun ikke havde fortjent.

'Jeg giver hende 48 timer at leve i. Min familie ved, hvem hun er. De vil komme efter hende som det første.' forklarede Istvan med en rolig stemme.

'Når de opdager, at du ikke længere er sammen med hende, vil de da ikke slå Hanne ihjel?' prøvede Jakob.

Han nægtede at have ondt af Hanne og hendes stålnæve, som han stadig kunne mærke effekten af på sit højre lår.

'Nej, de vil højst bide hende, så hun bliver ligesom mig.' kom det nøgternt fra bagsædet.

'Sidder du og fortæller mig, at Hanne vil blive en blodtørstig vampyr, hvis din familie finder hende?'

'Det er ikke helt sikkert, men det er sandsynligt.'

'Hvad vil der så ske med hende?'

Han var alligevel lidt nysgerrig efter at høre, hvor galt det ville gå med hans kæreste, der inden for de sidste minutter havde ændret status til ekskæreste.

'Mon ikke hun vil komme efter dig, da du lige har efterladt hende med nul procents chance for overlevelse?

Jakob hakkede endnu engang bremsen hårdt i bund.

Manøvren blokerede totalt dækkene, og Lola skred forsigtigt ud på den regnvåde kørebane, inden hun endte med at holde helt stille - parkeret nærmest sidelæns på vejen. 'Du har ødelagt droschen.' sagde Istvan. 'Skid hul i bilen. Vi skal tilbage til Hanne. Hun er ond nok til hverdag, så en ting er helt sikkert. Jeg orker hende ikke som vampyr!'

Kapitel 8

Alin kendte det underjordiske system som sin egen bukselomme. Han tænkte ikke synderligt over, at han bevægede sig i en labyrint, så kroppen tog de nødvendige højre- og venstresving for at komme frem til enden af de snoede gange og tunneler. Han tænkte heller ikke over, at hvis han nu skulle fejle, ville det være hans sikre død. Knive, spyd og syre var blandt overraskelserne for dem, der vovede sig ned i det underjordiske system. Systemet var bygget op af grå mursten, og kun hver anden af de snævre gange var oplyst af små dioder, der svagt gav labyrintens gæst en fornemmelse af lys. Tunnelerne var udelukkende skabt til vampyrer, så lyset var kun skabt for at give de dødelige gæster en falsk følelse af tryghed.

Da Alin nåede enden af labyrinten, bankede han tre gange på den midterste af de tre metaldøre, der var den eneste dør, som førte til andet end en sikker død. Han måtte ikke vente længe, før døren blev åbnet fra den anden side. En ung dreng, der knap var blevet teenager, åbnede døren for den smukke vampyr, der havde kindben så definerede, at man kunne skære sig på dem. Drengen var kun iført et par tynde shorts og bukkede for Alin, der ikke tog notits af den lille dreng. I stedet fortsatte han til enden af gangen. Hvor gangene før døren havde været grå, mørke og farlige, var hulen, hvor Alins klan af vampyrer holdt til, af en helt anden kaliber. Rummene var imponerende store, og guld, sølv og ædelstene udsmykkede samtlige lysestager og møbler. Der var ikke sparet på noget, og det var tydeligt, at klanen ejede mere, end noget menneske nogensinde kunne drømme om. Det første kammer, Alin nåede, var mindst tyve meter langt og nogenlunde lige så bredt. Borde og stole i guld udgjorde møblementet i midten af det kæmpe rum. Langs de hvælvede vægge var bogreoler i sølv kun afbrudt af små rum i form af indhak, hvor de smukkeste senge af guld var placeret. Et simpelt stykke farvet silke adskilte de små indhak fra resten af det imponerende rum.

I sengene bag de smukke silkegardiner kunne man svagt skimte de unge konkubiner, der arbejdede, levede og oftest døde i de smukke rubinbesatte senge. De unge piger og drenge var underholdning, sexlegetøj og indimellem føde for vampyrerne, der styrede det meste af Europa med hård hånd. Klanen var den ældste af sin slags i verden, og man var ikke sen til at lade nye klaner vide dette, for Alins klan forventede automatisk respekt fra opkomlinge af enhver art.

Alin lod sin frakke falde på gulvet og fortsatte til enden af det store rum. Her blev han mødt af flere snørklede gange, der førte til flere imponerende rum af samme type som det, Alin netop havde forladt. En enkelt gang førte til tronrummet, og det var den gang, som Alin valgte. Det var en kort gåtur gennem flere snoede tunneler. Alin rettede ryggen, da han nåede enden af tunnelen. Han ventede et kort øjeblik, tog en dyb indånding og bankede på den store dør af tykt udskåret egetræ, før han trådte ind i tronrummet.

For enden af rummet stod en trone, der var endnu mere imponerende end noget andet møbel i de mange store opholdsrum, der holdt de menige klanmedlemmer sammen. Den var ganske enkelt helt unik - ligesom manden, der lige nu sad i stolen og samtidig havde magten over den stolte gamle klan.

Mindre træstole stod langs siderne af rummet, hvor unge piger og drenge sad og ventede på den mindste ordre fra den mægtige vampyr, der var Stormester i den stolte transsylvanske klan. Foran Stormesteren lå en nøgen storbarmet pige og vred sig for sin mester i en seksuel akt, der var en blanding af selvtilfredsstillelse og frygt for hendes liv. Stormesteren nød de unge pigers frygt lige så meget, som han nød deres bløde kroppe og det varme blod, der ofte flød fra kroppene, når pigerne kedede ham. Han havde været igennem tusindvis af unge piger og drenge, men tørsten efter det jomfruelige var uudslukkelig, så han krævede flere og flere kroppe år efter år. Det bekymrede ikke Alin, der var et højtstående medlem af klanen - og derfor ikke skulle hjælpe med at skaffe de mange unge kroppe til Stormesteren. Det havde klanen folk til, og selvom disse folk ofte måtte lade livet i deres søgen efter nye unge kroppe, manglede der aldrig nøgne piger og drenge i Stormesterens selskab.

'Stormester! Jeg er tilbage med nyt fra Danmark!' annoncerede Alin.

Hans tone var alt for højtidelig. Han ville være sikker på, at de andre klanmedlemmer i rummet hørte hvert et ord. De gemte sig ofte i de mørke huler bag tronrummet, hvor de sov, horede og drak - og samtidig fungerede som bodyguards for Stormesteren.

Alin var nøjeregnende med den slags, og han måtte heller ikke vente længe, før det første af de noble klanmedlemmer dukkede op bag Stormesterens trone.

'Tys, min dreng! Den smukke Annabelle er tæt på klimaks.' sagde Stormesteren.

Han pegede på den storbarmede blondine, der lå i ekstase på gulvet. Hun stønnede voldsomt, og hendes bryster bevægede sig op og ned i takt med, at hendes tunge vejrtrækning blev hurtigere. Alin var utålmodig, men måtte acceptere Stormesterens ønske. Det hele ville alligevel ende i blodtørst. Der gik heldigvis ikke længe, før Stormesteren langsomt løftede hånden, som var han dukkefører i et absurd dukketeater. Helt uden snorestyring eller andet snyd lettede Annabelle fra gulvet i takt med Stormesterens hånd. Han knugede forsigtigt hånden, og den unge piges krop bevægede sig nærmere tronen, hvor Stormesteren nonchalant lænede sig frem for at modtage den flydende krop, der stadig stønnede voldsomt i en kombination af ekstase og trance. Stormesteren lukkede øjnene og åbnede munden, der afslørede hugtænder, der havde bidt flere unge piger, end Alin nogensinde kunne tælle til. Den unge piges krop kollapsede i Stormesterens arme, lige som hun fik en orgasme, der vækkede flere vampyrer fra hulerne bag Stormesterens trone.

Stormesteren satte tænderne i pigens hals, lige som hun stønnede en sidste gang - og blodet fra hendes hals stod ud i en perfekt stråle, der ramte bagsiden af den store vampyrs mund. Ikke en dråbe gik til spilde, og efter kort tid lod Stormesteren den spinkle kvindekrop falde til jorden. Annebelles ellers så bløde og smukke ydre var udvisket, som havde hun aldrig eksisteret. Hun var nu askegrå i ansigtet, og hendes øjne var trukket langt ind i kraniet, der nærmest var på vej til at slippe den grå hud. Et par nøgne drenge trak den døde unge pige væk. Alin havde aldrig bekymret sig om, hvor de døde piger og drenge forsvandt hen – og denne dag var ingen undtagelse.

'Hvad har du så på hjerte, min søn?' spurgte Stormesteren storladent.

Han behandlede altid Alin som en uvigtig tjener, der ikke havde gjort sig fortjent til at opholde sig i tronrummet overhovedet.

'Fader, jeg har fundet ham.'

Hans stemme lød stolt, for i dette øjeblik ville han blæse på, hvordan hans far ellers behandlede ham. Uanset hvad, var Alin en tro tjener for sin far og ville altid være det.

'Ham? Der er mange mænd i denne verden, søn. Du må være mere specifik, hvis du vil have min opmærksomhed.' fnøs Stormesteren.

Han drak fra et krystalglas, der næsten var lige så gammelt som den champagne, der altid flød i rigelige mængder i Stormesterens tronrum.

'Han er undsluppet kisten, og han lever i bedste velgående.'

Alin gad ikke at spille med på sin fars galej. Alle i rummet vidste udmærket, hvem Alin talte om.

'Aha! Og denne information har du fundet, hvordan?'

Stormesteren havde ikke for vane at tro på alt, hvad han hørte – medmindre han selv torturerede den stakkels sjæl, der udleverede informationen. Alin studerede sin alt for arrogante far. Den gamle Stormester nægtede at tro, at Istvan allerede skulle være tilbage. Han var blevet udstødt til et sted, hvor INGEN kunne have interesse i at grave ham op. Ikke engang ved et uheld.

'Jeg så ham med mine egne øjne.' råbte Alin højt.

Han ville være sikker på, at hele hans klan og familie kunne høre ham - uanset hvor dybt de gemte sig i hulerne bag tronen. Han var sikker på, at han hørte et sus gå gennem hulerne, men det kunne sagtens være hans egen sans for dramatik, der spillede ham et puds.

'... og du bragte ham ikke tilbage til mig?' svarede Stormesteren.

Han lød fornærmet og lænede sig tilbage mod tronen. Alin var uforberedt på dette angreb på hans integritet.

'Jeg var alene, og Ist… kætteren er stærkere end nogen anden strigoi, jeg kender.' svarede Alin fåmælt.

Stormesteren havde lænet sig frem, da Alin med nød og næppe havde undladt at nævne Istvans navn.

Traditioner forbød Alin og alle andre at sige navnet på en udstødt i de mørke haller i Transsylvanien.

'Så du er svag? Din simple dreng!' knurrede Stormesteren.

Hans øjne lyste op i arrigskab mod sin søn, som han anså for at være en svækling.

'Kald mig svag, hvis det behager dig, Fader. Jeg har stadig fundet kætteren!' svarede Alin.

Han var halvt vred og halvt i fortvivlelse. Han havde håbet på en helt anden udgang på denne samtale og var skuffet over, at han igen blev fremstillet som en skuffelse af sin far.

'Hvor vover du at hæve din stemme over for din Stormester!'

En vampyr, der hang på den ene side af den store trone, hævede sin stemme i vrede. Resten af tronrummet summede af stemmer, der ikke var tilfredse med Alins manglende respekt for deres Stormester.

'Stille!' knurrede Stormesteren.

Stilheden var pludselig larmende. Stormesteren rejste sig fra tronen og strakte sin lange, vævre og smidige krop, så alle kunne se, hvor mægtig han var.

'Tag ikke fejl af min søn. Han har en helts vrede og en kujons respekt for sine ældre. Han taler flot om sin egen fejlslagne tilfangetagelse af kætteren, for han er en svag strigoi, der gemmer sig bag sin far. MIG!' råbte Stormesteren.

Han rakte armene ud og lod sig hylde af vampyrer, der myldrede frem fra området bag tronen med taktfaste klapsalver. Stormesteren svævede ned ad trinene mod Alin samtidig med, at han prøvede at fange den unge vampyrs blik.

'Se på mig, søn - eller er din vrede større end den frygt, du burde have for din fader og for at miste dit dyrebare liv?'

Alin kiggede op, men ikke uden vrede og foragt, for han var træt af sin faders ydmygelser, der åbenbart aldrig ville ende, uanset hvilke nyheder Alin bragte med sig hjem. Stormesteren greb Alins lange blonde lokker og trak sin søns hoved tilbage i et ryk, der blottede den unge smukke vampyrs hals. Det var typisk sådan, man behandlede sine slaver og ofre - og var udtryk for den ultimative ydmygelse og overgivelse for enhver vampyr.

'Slip mig!' hvæsede Alin, der var ved at miste besindelsen. 'HAHAHAHAHA. Dine trusler er svage og ligegyldige, Alin. Du er ikke stærkere end en svag konkubine.'

Alin forsøgte at trække sig fri, men Stormesteren holdt fast.

'Kom så, min konkubine. Vis os dit nøgne skød og dine unge bryster.'

Rummet blev fyldt med latter fra hele klanen, der nød forestillingen i fulde drag. Stormesteren greb hårdt fat i Alins hår og trak den blonde vampyr op til sit ansigt.

'Lyt nu og hør godt efter! Du skal samle en horde af dine legekammerater! Du har syv dage og syv nætter til at bringe mig kætteren. Er opgaven for svær, så lover jeg dig, at du skal dø en konkubines død om otte dage og otte nætter! Er det forstået, min søn?'

Han gav slip på Alin, der lod sig falde ned på gulvet, hvor han lå fladt mod det kolde marmor med overkroppen. Da den værste latter var forstummet, rejste Alin sig. Han havde ikke mere at sige.

'Og søn? Jeg vil have ham i live. Hvis han ikke lever, kan jeg ikke lade dig leve!' lød det fra tronen, før Alin smækkede døren bag sig.

Han vandrede endnu hurtigere gennem den korte gang, end da han ankom.

Da han nåede det store guldbelagte rum, drejede han skarpt til højre og fjernede silken fra indgangen til den første hule, han nåede til. En ung pige vendte sig forskrækket mod den arrige vampyr, der greb hendes hals og i samme bevægelse førte hendes ansigt mod sit skridt, før hun overhovedet kunne nå at protestere mod den hårdhændede behandling.

'Tilfredsstil mig, din lille luder!' knurrede Alin, inden han trak det lille silkegardin for med den anden hånd. Ligesom i den dødelige verden rullede alle dårlige nyheder nedad. Den unge pige var nederst i pyramiden, så hun måtte derfor tage straffen for den ydmygelse, som Alin lige havde stået model til. Hun skulle bøde og dernæst bløde, tænkte Alin, der allerede havde en plan for, hvordan han ville få Istvan tilbage til Transsylvanien.

'Pas på, kære fætter! Dine dage er talte.' knurrede den blonde vampyr.

Kapitel 9

'Vi kan da ikke efterlade en bil fyldt med blod, Mester.'

Istvan sad stadig på bagsædet af Lola og nægtede at komme ud. Regnen var stilnet en smule af, men løftet om fortsat nedbør hang stadig i de få dråber, der faldt.

'Så finder jeg hende selv! Så må du blive siddende i bilen.'

Jakob følte sig som en forælder, der opgivende prøvede med omvendt pædagogik.

Han smækkede bildøren efter sig og lovede sig selv, at der senere samme aften ikke ville være lørdagsslik til Istvan.

'Først forfører du min kone, så smider du mig ind igennem et vindue, og nu opfører du dig som et pattebarn.' hviskede Jakob for sig selv.

'Jeg kan altså godt høre dig.'

'Godt! For du er et stort pattebarn!' råbte Jakob.

Han begyndte at gå, men nåede ikke langt ned ad hovedvejen, før han opdagede en skygge. Personen sad på hug i et busskur, der fra afstand så nedlagt ud. Bænken var pillet ud, så skyggen sad på de kolde og sikkert våde fliser.

'Hanne, jeg er rigtig ked af det. Undskyld!'

Han havde ikke den mindste trang til at undskylde for sit vredesudbrud. Det havde været helt fortjent, og det havde helt sikkert været på tide. Han nærede omvendt intet ønske om at skulle ende som vampyrføde, hvis Hanne blev bidt af en af Istvans tvivlsomme familiemedlemmer, så i øjeblikket kom han længere med løgnen end sandheden. Da han kom tættere på busskuret, blev han et kort sekund i tvivl om, hvorvidt han var for sent ude. Hvad nu, hvis hun allerede var blevet bidt?

Hvad nu, hvis det kun havde været et spørgsmål om minutter og ikke timer, som Istvan ellers havde forudset?

'Jeg er også ked af det, Jakob. Jeg ved ikke, hvorfor jeg er så tarvelig.'

Hun snøftede. Hendes jakke var lige dele gennemblødt af regn og blod.

'Kom Hanne! Vi må væk herfra!'

'Er det ikke lige meget? Vi elsker jo ikke hinanden. Du siger det i hvert fald aldrig mere.' snøftede Hanne.

'Jeg elsker dig da. Så sent som forleden tænkte jeg, hvor heldig jeg er at have dig i mit liv.'

'Mener du det? Også selvom jeg er et røvhul overfor dig næsten hver dag?' spurgte hun og løftede hovedet.

'Ja skat! Jeg kan slet ikke leve uden dig.' svarede Jakob.

Det var bedst ikke at tælle sine løgne. På den måde fik han ikke så nemt dårlig samvittighed.

'Jeg elsker dig så højt, Jakob. Jeg lover at blive bedre til ikke at hidse mig op over dine mange fejl og mangler.'

Jakob smilede gennem tanker om, hvorvidt det hele ville være nemmere, hvis han selv slog Hanne ihjel.

'Skal vi ikke komme videre? Istvan venter længere fremme.'

Han følte sig tør i halsen. Måske var det fra alle de kameler, som han var i færd med at sluge?

'Hvor er bilen henne? Hvorfor kom du gående?' spurgte Hanne bebrejdende.

Jakob mindede sig selv om, at Hanne jo kun havde lovet at prøve, så der var ingen garantier, når det kom til irritation over hans mange fejl og mangler.

'Den er længere fremme. Jeg ville jo redde dig, så jeg fik trådt for hårdt på bremsen, og nu er den vist gået i stykker.' Han smilede undskyldende til Hanne. Han anede ikke helt hvorfor, for Lola var hans bil.

'Hvad gjorde du? Har du ødelagt bilen, din fede kraftidiot!' råbte Hanne.

'Hvorfor skal du altid kalde mig for fed? Jeg er ikke mere fed end dig! Faktisk vejer vi helt det samme, selvom du er fire centimeter lavere end mig!' fortsatte Jakob.

Han havde muligvis fået en lang næse af alle de løgne. Han havde muligvis bygget en fredspibe af det overskydende træ fra næsen. Nu havde han lyst til at knække piben og skide ned i den. Freden var, for hans vedkommende, helt og holdent forbi.

'Det sagde du bare ikke, Jakob! Når Istvan har reddet os, så er vi færdige!'

De marcherede tilbage mod Lola uden at udveksle flere ord med hinanden. Da de nåede frem til Lola, slog Hanne ud med armene.

'Flot parkeret, Jakob. Du parkerer, som du knepper - lidt ud over det hele.'

'Man skulle tro, at det var en kælling, der havde parkeret den bil. Det er måske dig?' stammede Jakob.

Det var årets svageste comeback. Han skammede sig, men nåede ikke langt ned i skyttehullet, før kanonerne bragede bag ham.

'Det VAR jo en kælling, der parkerede den. Har du helt glemt det?' grinede Hanne i ren sarkasme.

Istvan var steget ud af bilen, da han hørte parret nærme sig.

'Du fandt hende. Det var heldigt, Mester.'

Var Istvan virkelig sarkastisk? Jakob håbede så inderligt, at det var tilfældet.

'Ja, tænk om der var sket hende noget.' fortsatte Jakob.

'Der er ikke sket mig noget, Istvan. Jakob reddede mig fra at blive kørt ned af en bus, der ikke har kørt her i fire år.' afsluttede Hanne.

Det slog Jakob, at de sammen kunne starte bandet Sarkasme Trio, der kunne optræde ved begravelser, massefyringer og andre festlige lejligheder.

'Hør nu her, din åndssvage kælling. Istvans familie vil komme efter os, så vi er nødt til at stå sammen som et hold.'

'Tror du ikke, at jeg ved det, hr. professor? Hvorfor tror du, at jeg gik med tilbage? For at blive mindet om, at min ekskæreste kører rundt i en rusten bunke lort?' spurgte Hanne.

Det stod klart for Jakob, at Hanne meget tidligt i deres karriere var klar til at forlade bandet. Hun søgte tydeligvis en solokarriere.

'Der kommer en bil!' udbrød Istvan.

En gammel varevogn sled sig frem over den regnvåde hovedvej i meget lav fart. Det var en gammel postvogn, der nu havde flere regnbuer, sole og kulørte drinks malet på siden af bilen. Snart tog føreren farten af bilen, før den noget trætte postbil holdt stille i regnen.

'Hvad laver du ude i regnen, svigermor? Gå dog hjem!' grinede føreren.

'Vores bremser har sat sig fast.'

Jakob pegede undskyldende på Lola.

'Det ligner da også noget gammelt lort, min ven. Hop ind i min kærlighedsvogn, og lad os snakke om tingene.' kom det fra føreren, der både lød fuld og skæv.

Han sprang ud af vognen og gav Jakob, Hanne og Istvan hånden, som havde han kendt dem i mange år.

Han havde en regnbuefarvet T-shirt på overkroppen, og et par orange shorts, der dækkede halvdelen af hans underkrop. Fødderne var bare, til trods for at vinteren bankede på døren. Hans ansigt bestod af et skaldet hoved, et par alt for store lyserøde briller uden glas i – og et gulnet smil, der vidnede om lidt for meget nikotin og alt for lidt tandhygiejne.

'Jeg hedder Tøger, men mine venner kalder mig Ryger Tøger. I kan kalde mig, hvad I har lyst til, så længe I ikke kalder mig kedelig.'

De gule tænder blev endnu engang blottet.

'Jeg hedder Jakob, og det er min kæreste Hanne.' begyndte Jakob.

'Jeg er Jakobs ekskæreste Hanne, og dette er vores fælles ven Istvan.' afbrød Hanne.

Hun pegede på Istvan, der stod ved Lola.

'Efter en tur i min dejlige kærlighedsvogn, så boller I som kaniner, inden vi når Albertslund.' pralede Tøger.

Han åbnede sidedøren på bilen, der på indersiden var lige så farverig som udenpå. Jakob blev mødt af flere sole og regnbuer på væggene, et lysshow med diskokugle monteret i loftet og madrasser og puder over hele gulvet. Jakob kiggede på Hanne, der trak på skuldrene og steg ind i vognen, hvor lysshow og reggaemusik larmede på hver deres måde.

'Hvad med vores maling, Mester?'

Istvan stod stadig ved Lola og ventede. Jakob kiggede spørgende på Tøger, der stadig smilede sit glade, godmodige og gullige smil.

'I tager bare malingen med. Der er plads bagerst i bilen, hr. malermester.' svarede Tøger.

Han gjorde honnør for Jakob, der skulle til at opponere, men tænkte, at hvis deres tøj, malingen og ordet mester gav fin mening for den tossede hippie, så var det nok bedst sådan. Istvan var allerede i gang med at flytte de store dunke med blod, før Jakob overhovedet kunne nå at sige noget. Tøger åbnede bagdøren på den store postbil, og Istvan læssede de fem plastdunke ind.

'Det var ellers en ordentlig omgang maling. Skal I ud at male byen rød?'

Man kunne sige meget om Tøger, men han var ikke bange for at grine af sig selv.

'Nej, vi har malet roser hele natten til SF's landsmøde.' svarede Jakob i en træt tone.

Hanne kravlede ind over puderne og satte sig på en madras i det fjerneste hjørne fra Jakob.

'Roserne er sgu da Socialdemokratiet, din idiot!' mumlede Hanne for sig selv.

110

Jakob hørte hende godt, men ignorerede irettesættelsen, mens han kæmpede med en pude, der var formet som en joint. Istvan sprang ind i varevognen og satte sig pænt op ad den ene side, hvor han dækkede hovedparten af en regnbue, som Tøger uden tvivl selv havde malet.

'Hvor går turen hen? Kærlighedsvognen kører altid sine gæster til deres foretrukne destination!' kaldte Tøger fra en mikrofon, der hang ned fra loftet over førersædet.

Hans stemme rungede over reggaemusikken fra de seks små højttalere, der var installeret strategisk langs væggene i bilen.

'Jeg synes ikke, at vi skal tage tilbage til dit domicil, Mester Jakob. De venter givetvis på os.'

Istvan sad og stirrede på en hjemmemalet pude i bunden af bilen, der forestillede to mennesker, der var sammensmeltet i et seksuelt ritual, hvor det var svært at se, hvad der var oppe og nede på manden og kvinden.

'Hvor langt skal vi væk, før de mister færten af os?' spurgte Hanne.

'Jo længere væk, jo bedre. Hvis vi kan finde et sted at forskanse os, så kan jeg sætte fælder op for dem.' svarede Istvan kort.

'Hvad med det sommerhus, som din chef har i Præstø?' spurgte Hanne.

Hun havde elsket sommerhuset, som de havde lånt et par gange. Det lå ud til fjorden i et roligt område. Jakob tænkte så det knagede. Der var mange fordele ved Præstø. Måske kunne det også mildne sindene, for han frygtede, at hans forliste forhold var det mindste af deres fælles problemer.

'Er du frisk på en tur til Præstø, Tøger?' kaldte Jakob. Hans stemme lød glad og optimistisk, som om han prøvede at sælge Tøger en timeshare i det skønne ferieparadis langs Præstø Fjord.

'Er det i Jylland?' spurgte Tøger. Han havde vendt sig mod kabinen og sparede derfor Jakobs ører for yderligere forurening fra den skrattende mikrofon.

'Nej, det er syd for Køge. Jeg skal nok vise vej.' sagde Hanne hurtigt.

Hun bevægede sig op forbi Jakob, som hun fuldkommen ignorerede, inden hun kravlede op mellem forsæderne og satte sig ved siden af Tøger, der grinede endnu en gang.

'Det er jo også en skidegod sang. Ham Kim Larsen får mig hver gang.' grinede Tøger.

Jakob havde allerede fået nok af den latter, men han havde mere travlt med at studere Hanne. Han vidste nemlig godt, at det var Monrad og Rislund, der havde skrevet Syd for Køge.

Han håbede derfor, at Tøger ville få Hannes kærlighed at
føle. Til hans store skuffelse nævnte hun ikke den irriterende
sang med et eneste ord.

'Har du en hovedpinepille, Tøger? Jeg ser næsten
dobbelt.'

Hanne smilede til den skaldede mand, der havde pakket
latteren væk for et øjeblik.

'Jeg bruger ikke den slags gift, min skat. Når smerten
rammer Tøger, så tager han sig en ryger.' svarede
rimesmeden.

Han fandt en cigaret frem fra sidelommen af fordøren.

'Ellers tak. Jeg er ikke rigtig til den slags.' svarede Hanne
kort.

'Skal vi ikke snart af sted?' spurgte Jakob.

Han ville skide på Hannes hovedpine. Dem slap han da
gudskelov for at høre mere om i fremtiden.

'Jeg skal lige fyre op under lidt urt, så jeg kan kurere din
dame for pollenallergi.'

Latteren fyldte endnu engang den slidte gamle bil. Tøger
tændte cigaretten med en tændstik, som han strøg over en
æske, han havde limet fast til instrumentbrættet. Han tog et
hurtigt hiv og startede den gamle varevogn. Sidstnævnte
hostede et par gange mere end Tøger, før den satte kurs
mod Præstø Fjord.

Kapitel 10

Månens lys kæmpede forgæves mod de mørke skyer, der langsomt samlede sig over den ældgamle rumænske hovedstad. Den kølige luft varslede den kommende regn, en forløber for sneen, der snart ville dække byen, når vinterens greb strammede sig. Alin havde hengivet sig til synd og blodrus i næsten otte timer, før han tilkaldte sine to nærmeste allierede. De var mere end villige til at støtte ham på hans rejse til Danmark, hvor den intetanende Istvan snart ville stå ansigt til ansigt med Alins ubarmhjertige hævn. Florentin havde allerede meldt sig, før Alin overhovedet havde forklaret, hvad missionen gik ud på, og hvem de skulle jage. Sorin havde derimod krævet mere overtalelse og en langt mere udførlig forklaring, før han besluttede sig for at tilbyde Alin sin hjælp. Florentin og Sorin havde kendt Alin siden barndommen. Sammen havde de delt skæbnen, da deres forældre gjorde dem til det, de nu var, og støttet hinanden gennem den lange tilpasning til et liv som vampyrer. De var ikke uadskillelige, men stod sammen, når det gjaldt. De tre var fuldt ud klar over, at denne jagt kunne ende med at koste dem livet. Alligevel nægtede de, i kraft af deres stolthed som vampyrer, at lade sådanne tanker komme til udtryk.

De havde aftalt at mødes foran en af Bukarests ældste kirker. Alin vidste, at han havde brug for mere hjælp, end hans venner alene kunne tilbyde. Der var én, han var sikker på, kunne føre ham til Istvan – en person, der med den rette motivation måske endda kunne overtales til at gøre det beskidte arbejde og tage livet af den udstødte strigoi.

'Mine brødre!' sagde Alin, da han trådte ind i den dunkle hvælving under den store hellige bygning og mødte sine to venner.

Sorin, med sin mørke hud, sorte øjne og kulsort sind, var den mest gådefulde af dem. Det havde krævet overbevisende argumenter at få ham med, men Alin tvivlede ikke et øjeblik på, at Sorin ville vise sig som den mest blodtørstige af dem alle, hvis det kom til et opgør med Istvan. Alin både håbede og forventede, at blodtørsten snart ville tage over, for det gjorde Sorin til en uundværlig brik i jagten.

'Alin, min ældste ven!' udbrød Sorin og lagde en arm om ham.

Alin, der var et hoved lavere end den mørkklædte vampyr med det berygtede blodtørstige sind, modtog gestussen uden at sige et ord. Sorin bøjede sig ned og plantede et kort kys på Alins pande, inden han slap sin blonde ven og lod et skævt smil spille på læberne.

'Alin!' sagde Florentin med et bredt smil, idet han klappede ham på skulderen.

Han var ikke til kys og kram, som vampyrer ellers ofte er.

Florentin var klædt i sorte jeans og en sort jakke, der kun med besvær skjulte hans imponerende overkrop og massive muskler. Styrketræning var hans store passion, selvom hans styrke som vampyr allerede overgik de flestes. Den eneste ting, der optog ham mere end hans egen fysiske perfektion, var kunsten at forføre. Han havde nedlagt flere kvinder end Alin og Sorin tilsammen – en bedrift, der skyldtes en kombination af hans charme og de overdimensionerede muskler, som han altid vidste at bruge til sin fordel.

'Jeg har lige et ærinde mere, så hvis I vil vente her?' kom det kort fra Alin.

Han forsvandt ud i natten uden at vente på svar. De to tilbageværende venner gav hinanden hånden og ventede i hvælvingens mørke, hvor ingen mennesker ville kunne få øje på dem.

Alin lod fingrene gribe fat i de små kanter mellem murstenene, præcis som han havde gjort et par nætter forinden i København. For det utrænede og dødelige øje kunne han ligne et firben, der elegant kravlede op ad den glatte væg.

Hver revne, hver kant blev udnyttet som et nyt hånd- eller fodfæste, mens han med sin overnaturlige styrke skød sig opad. Få sekunder senere stod han på taget. Hans bevægelser var næsten lydløse, og han bevægede sig hen over de gamle tagsten med samme flydende elegance, som en trænet vildkat på jagt. Alin nåede klokketårnet og angreb det med samme ubesværede lethed, som han havde overvundet væggen. Få øjeblikke senere stod han på toppen af det store tårn. Med et tilfreds suk satte han sig på tagets kant og lod blikket glide ud over Bukarest. Her, i syvende sals højde, strakte byen sig som et levende tæppe under ham. De mørke hustage, oplyst af glimt fra gader og vinduer, hvor nattens vågne sjæle stadig holdt lysene tændt, fyldte hans syn. Alins bryst fyldtes med stolthed, og hans hjerte bankede hårdere, hver gang han betragtede denne gamle by, som han elskede med en næsten ubegribelig intensitet.

'Ser du, hvad jeg ser?' kom det fra en stemme, der havde sneget sig op bag Alin.

Han havde regnet med selskab, men det kom alligevel bag på ham, hvor hurtigt hans vært havde reageret på hans tilstedeværelse på toppen af det mægtige klokketårn.

'Jeg ser ud over en by, der har støttet min familie gennem tykt og tyndt i hundredvis af år.' svarede Alin.

Han behøvede ikke at vende sig om. Han vidste så ganske udmærket, hvem han talte med, og han vidste også, at han med absolut sikkerhed ikke var velkommen.

'Så du ser død, voldtægter, blodrus og ødelæggelse ligesom jeg.' svarede stemmen køligt.

Alin mærkede det iskolde blad fra den lange kniv, som hans vært havde placeret på hans skulder.

'Min kære Catalina. Jeg kommer med fred og ønsket om et langt og godt liv til dig.'

'Jeg ville ønske, at jeg kunne sige det samme om dig og din morderiske klan.' knurrede Catalina i hans øre.

Intet kunne skræmme en vampyr mere end tanken om adskillelsen af hovedet fra halsen. Alin prøvede at slippe tanken, men kniven vejede underligt tungt på hans skulder.

'Du er altid så aggressiv og truende. Hvorfor ikke bruge din energi på noget mere fornuftigt?' spurgte Alin.

Han kæmpede for at bevare roen i sin stemme. Han følte sig truet, men han ville for alt i verden ikke vise, at han gav efter for den slags trusler - og slet ikke fra en kvinde.

'... og du har tilfældigvis en idé til, hvad jeg kan bruge min energi på?' spurgte Catalina.

Hun trak kniven væk fra Alins skulder, og han sørgede omhyggeligt for, at hun ikke kunne fornemme hans lettelse. I stedet hævede han let et øjenbryn, da lyden af metallet, der blev ført tilbage i Catalinas bælte, nåede hans ører. Det sad solidt fastspændt på hendes ryg sammen med resten af hendes imponerende arsenal. Uden et ord satte hun sig bag ham, og Alin drejede sig en kvart omgang for at kunne følge hendes bevægelse. Nu sad de to vampyrer side om side på tårnets tag under den vidtstrakte nattehimmel over Bukarest – to skikkelser, så forskellige som nat og dag, men dog forbundet af nattens mørke.

'Jeg har et forretningsforslag, som du måske kunne være interesseret i.' prøvede Alin forsigtigt.

Alin lod blikket glide kortvarigt over den mørkhårede kvinde ved hans side. Catalina var iført mørke jeans og en hættetrøje, der var flere numre for stor og skjulte hendes elegante figur. Det løse tøj virkede som den perfekte camouflage for det imponerende arsenal af våben, som Alin vidste, hun bar under det anonyme ydre. Hun var i sig selv farlig nok – et dødbringende væsen med et iskoldt overblik og knivskarpe instinkter. Væbnet til tænderne var hun noget nær ustoppelig. Der fandtes ingen, Alin frygtede eller respekterede mere, når det kom til morderiske instinkter, med undtagelse af én: Stormesteren.

119

'Jeg slår ikke ihjel for penge alene, Alin.' svarede Catalina.

Hun trak hætten over det smukke ansigt, der gemte på de smukkeste blå øjne og de muligvis endnu smukkere læber, der appellerede til enhver mand med en puls - og en hel del mænd uden.

'Hvem har sagt noget om penge?' sagde Alin og smilede.

Hun ramte direkte ned i hele pointen med at involvere hende. Det personlige motiv, der drev hende som lejemorder, ville der være rigeligt af i denne jagt.

'Jeg lytter.' svarede hun kort.

Hun spyttede ud over kanten på tårnet. Hun kunne være charmerende og feminin, men det indtryk holdt sjældent særlig længe.

'Jeg starter en ny jagt i morgen.'

Han var bevidst om, at han trak samtalen i langdrag. Han havde ikke fået fuld tilfredsstillelse under samtalen med sin far. Nu ville han have fuld valuta for pengene, for den rigeste mand i enhver samtale var ham, der lå inde med den vigtigste viden.

'Jeg keder mig, Alin.'

Hun lod sine hænder forsvinde i de store ærmer af hættetrøjen.

'Det er en meget særlig jagt. Jeg har allerede Sorin og Florentin ventende dernede.'

Han elskede at lyde som en leder, der havde folk under sig. I dette øjeblik var det bogstaveligt talt præcis det, han havde.

'Jeg så dem godt. Jeg troede, at det var amatøraften i kirken, men der tog jeg så fejl.'

Alin vidste godt, at Catalina ikke havde et særlig varmt forhold til Sorin - og hendes forhold til Florentin var fyldt med had og foragt.

'Men nok om mine venner. Hvordan går det med din stolte far, kære Catalina?' spurgte Alin.

Han bevægede sig ud på tynd is. Han havde ladet sin stolthed udvikle sig til arrogance.

'Du har et minut til at komme frem til sagen, Alin. Jeg behøver vel ikke at minde dig om, at et fald fra denne højde vil slå enhver vampyr ihjel, uanset hvor lidt rygrad den pågældende vampyr har.'

Hendes smukke smaragdgrønne vampyrøjne under hætten blev så synlige, at Alin ikke var i tvivl om, at hun ikke truede ham for sjov.

'Du keder dig ikke længere?'

Han smilede tilbage til hugtænderne og de selvlysende grønne øjne, der ønskede ham død og borte.

121

'Ti sekunder, Alin!' knurrede Catalina.

Hendes tålmodighed var opbrugt. Om få sekunder ville Alin være endnu en død vampyr til historiebøgerne. Han var dog stadig den rigeste mand i samtalen, for han besad det sidste stykke information, der ville redde ham fra et dødeligt fald fra Rumæniens smukkeste kirketårn.

'Hvordan ville du have det med at jage din fars morder?'

Han kunne dårligt være i sig selv ved tanken om, hvor smukt han havde orkestreret sin forførelse af den smukke Catalina. Hun hadede måske Alin og ville ikke tænke sig om to gange, hvis hun fik muligheden for at slå ham ihjel. Hun hadede til gengæld Istvan med hver en fiber, hver en muskel og hver en nerve, hun havde i hele sin krop. Hvordan skulle hun nogensinde takke nej til at tage med Alin til Danmark?

Han lukkede øjnene og mærkede sødmen fra den sejr, der var udeblevet fra den næsten identiske samtale, han timer forinden havde haft med sin far.

'Hvornår rejser vi?' knurrede Catalina.

Alin hylede mod månen, som kun en ægte søn af Stormesteren kunne. Han mærkede den kolde luft mod sit ansigt. En luft båret af århundreders frygt for hans klan og de blodtørstige medlemmer, der havde skabt frygt og død gennem det meste af Europa.

'Vinteren er på vej, kære Istvan! Og den har døden med sig!' hviskede den blonde vampyr helt for sig selv.

Kapitel 11

Jakob famlede under potteplanten. Han ledte efter nøglerne til det gamle sommerhus. Efter et par forsøg lykkedes det, og Jakob fiskede nøglerne ud af den store potteskjuler, som Hansen havde instrueret ham i at lede under.

'Gider du skynde dig, Jakob? Jeg skal tisse.' klagede Hanne.

Hun havde ellers holdt inde med skydningen under hele køreturen sydpå.

'Jeg er på vej.'

Han satte nøglen i låsen. Den åbnede nemt, og sekundet efter gik døren op. Hanne skød forbi Jakob, og lige som hun passerede, hamrede hun en næve ind i siden på ham.

'Av for satan. Hvad fanden har jeg nu gjort?'

Hanne var allerede forsvundet ud på det lille toilet og havde lukket døren efter sig. På døren hang et lille skilt i keramik, der stolt proklamerede "det lille hus", hvis folk skulle være i tvivl, når de åbnede døren og så en toiletkumme samt en håndvask.

'Hvorfor skulle jeg lige være alkoholikeren af os to?' råbte hun fra "det lille hus".

123

Hun henviste til samtalen, Jakob og Hansen havde haft en time forinden. Jakob havde spurgt, om de kunne låne huset i en forlænget weekend, da Hanne havde haft problemer med alkohol på arbejdspladsen. Hansen var ikke selv afholdsmand, men han brød sig ikke om den slags, så han havde både givet Jakob et par fridage med løn, og lånt selvsamme Jakob sit elskede sommerhus.

'Skulle jeg have sagt, at det var mig? Jeg arbejder for manden og ville være blevet fyret på stedet!'

'Du kan bare finde dig et andet arbejde. Hvor svært er det lige at grave med en gravko og en skovl? Jeg får det da meget sværere end dig.' råbte Hanne.

'Hvad snakker du om? Det var jo en løgn til Hansen. Vi ringede jo ikke til dit arbejde!'

Han sparkede til toiletdøren i raseri over Hanne og hendes latterlige måde at opføre sig på. Det lille keramikskilt fik nok og faldt ned fra toiletdøren, hvor det splintredes i mange små stykker. Det lille hus var en epoke blot, og selvmordsraten for keramikskilte i Præstø Fjord var gået drastisk op på en tilfældig lørdag morgen.

'Jeg ville sådan ønske, at I havde bollet lidt i kærlighedsvognen.' klagede Tøger.

'Hold nu din kæft, Tøger!' kom det samtidigt fra Jakob og Hanne.

Den gamle hippie vrissede lidt og lod sig falde ned i et kurvemøbel, der både så grimt og ubekvemt ud. Det var, som om møbelsnedkeren og stofdesigneren havde opgivet alting smukt og kastet sig ud fra livets store toiletdør, som var de små keramikskilte blottet for kærlighed til livet.

'Hvor er ham indvandreren?' kom det surt fra Tøger.

Jakob havde netop begået samme fejl som hippien og havde sat sig i den anden af de grimme stole.

'Han sover i bilen. Han er allergisk over for sollys, og hvis han først går i gang med at nyse, så kan han dø af det.' løj Jakob.

Han var lidt stolt af sig selv. For en træt og doven jord- og betonarbejder var det en fantastisk forklaring.

'Jeg har en liste her.'

Et stykke papir gled ud under døren fra det tidligere lille hus, der nu åbenbart var blevet til Hannes hus.

'En liste?'

Jakob var dødtræt og havde absolut ikke lyst til at køre i Netto efter en bøtte skyr og en æske tamponer.

'Fra Istvan, idiot! Det er en liste over de ting, som han skal bruge til fælderne.' kom det fra det nu lettere irritable hus.

'Jeg skal altså sove, for jeg er helt smadret' klagede Jakob, der allerede var ved at falde hen.

'Jeg tager det store soveværelse.' erklærede Hanne.

Jakob morede sig indvendigt over, at Hannes hus tilsyneladende ikke var nok. Hvis hun kunne tiltuske sig det store soveværelse samt havestuen, havde hun grunde nok til at begynde at bygge hoteller.

Jakob lod som om, han sov, da Hanne endelig kom ud fra toilettet, krydsede start og indkasserede 4000 kroner.

'Jeg tror, han sover. Skændes I altid så meget?' spurgte Tøger.

'Det gjorde vi ikke i starten. Der kyssede og krammede vi hver dag, og han købte små gaver til mig.'

Selv om Jakob havde sine øjne lukket, kunne han fornemme, at hun smilede. Det virkede som hundredvis af år siden dengang, hvor de rent faktisk kunne tale sammen, uden at skændes, råbe eller blive uvenner.

'Der er i hvert fald dårlig karma lige nu. I suger alt den positive energi ud af min kærlighedsvogn, og nu dette bedårende sommerhus.' sukkede Tøger.

'Undskyld, men vi er bare ikke et godt sted henne. Det er heller ikke nemt, når man også skal have en vampyr i sit parforhold.' klagede Hanne.

'Nå, det er måske den tid på måneden?' grinede Tøger.

Selv når han rævesov, hadede Jakob den hæse latter.

'Nej, jeg mener ham der!' svarede Hanne.

Jakob åbnede øjnene og så, at Hanne pegede ud på Tøgers varevogn.

'Suger Jakob alt blodet og livskraften ud af jeres parforhold?' svarede Tøger.

Jakob lukkede øjnene igen. Det sidste, han orkede, var at høre Tøger give råd og vejledning til sin ekskæreste.

'Nej, forholdet var allerede kørt dødt, inden Istvan kom ind i billedet.'

'Istvan?'

Jakob kunne fornemme, at forvirringen hos hashhovedet var total.

'Ja, vampyren. Hvorfor tror du, at han ikke kommer ud af din vogn? Han kan ikke tåle sollys.'

Ingen sagde noget. Jakobs øjne føltes tunge, og hans krop blev mere og mere slap som sekunderne tikkede af sted.

'Er han vampyr? Så er der da ikke noget at sige til, at han ser så stor og farlig ud!' konstaterede Tøger.

Hverken Jakob eller Hanne kunne høre, hvad Tøger snakkede om. De sov begge en ubekvem søvn. Hanne lå på den lille sofa, og Jakob var langt om længe faldet i søvn.

'Hvad gør man med sådan en uindbudt gæst?' klagede Tøger for sig selv.

Han rejste sig fra den slidte kurvestol, der knirkede under ham.

'Han er jo ikke uindbudt. Du bød ham selv indenfor. Tænk dig om, Tøger!' fortsatte den nervøse hippie.

Han talte altid med sig selv, når han virkelig havde brug for lidt feedback fra hjernen. Han åbnede hoveddøren til sommerhuset. Varevognen stod helt stille, og der var ingen tegn på bevægelse inde i bilen.

'Hvorfor har jeg ikke noget vievand? Jeg har jo røget så mange fede med hende præsten med motorcyklen. Hun spurgte mig endda, om hun kunne hjælpe mig! Hvad tænkte jeg på?'

Han var sikker på, at den skæve præst, der elskede at blive endnu mere skæv i Tøgers selskab, havde spurgt ham af en årsag. Hun havde da vidst, at en vampyr en dag ville krydse Tøgers vej. De præster var jo ikke præster for ingenting. De kunne se ind i fremtiden, og det var på den måde, at de hjalp de stakler, der søgte visdom i kirken. Tøger troede ikke selv på Gud, men han håbede meget på, at Gud troede på ham, for en vampyr i hans varevogn måtte der gøres noget ved.

'Jeg må finde en præst!' fortsatte Tøger.

Tøger styrtede ud på vejen med hjertet hamrende i brystet. Han havde kun én tanke i hovedet: Der måtte være en kirke inde i byen. Han havde desperat brug for hjælp fra en præst eller et andet religiøst overhoved, hvad som helst, der kunne kaste lys over hans situation. Han satte i løb, så hurtigt hans krop tillod det – hvilket desværre ikke sagde meget. Motion havde aldrig været en del af Tøgers liv, og han havde altid betragtet fysisk aktivitet som noget, der kunne undgås med de rette undskyldninger. Efter blot hundrede meter var han forpustet og hev efter vejret, men frygten drev ham fremad, som om han havde usynlige vinger, der bar ham mod sit mål. Da han endelig nåede den lille søvnige by med den idylliske havn, var hans løb reduceret til en haltende gang, der knap var hurtigere end et barns første forsøg på at bevæge sig. Hans ben og fødder skreg af udmattelse, men den fysiske smerte var ingenting i forhold til den panik, der rasede i hans indre. Billeder af Jakob og Hanne, slagtet og liggende i blodet i det ellers så hyggelige sommerhus, hjemsøgte hans tanker. Skrækken gav ham en sidste gnist af energi, og han satte farten op til noget, der mindede om en almindelig gang – fast besluttet på at finde hjælp, før det var for sent.

Efter nogle minutter nåede Tøger endelig kirken. Den kølige efterårsregn silede ned, og de gamle rødbrune mursten syntes at mørkne yderligere, hvilket fik bygningen til at fremstå endnu ældre og mere majestætisk. Han bandede lavmælt for sig selv – selvfølgelig skulle kirken ligge for enden af vejen, så langt væk som muligt. Men nu stod han her, foran indgangen til det sted, han håbede kunne give ham svar. Regnen dryppede fra hans hår og løb ned ad hans ansigt, mens han trådte op på kirkens stenbelagte plads. Noget ændrede sig straks i ham, som om den hellige grund påvirkede hans sind. Hans koncentration skærpedes med hvert skridt, han tog, og en mærkelig ro, blandet med en knugende følelse af ærefrygt, gled ind over ham. Tøger kunne næsten mærke tyngden af kirkens historie og den kraft, han håbede stadig boede inden for dens mure.

'Hellig jord! God idé, Tøger' råbte han for sig selv.

Han styrede målrettet mod skraldespanden bag den gamle kirke. Bygningen, der måske kunne have haft en vis charme i solskin, virkede i det grå regnvejr både trist og utilnærmelig. Tøger havde ikke tid til at lade sig påvirke af omgivelserne. Han vidste, hvad han ledte efter, og han var ingen nybegynder, når det kom til at rode i fyldte skraldespande.

Det tog ham kun et øjeblik at finde sit bytte: to plastikposer fra et supermarked og tre tomme plastflasker. Med hænderne fulde af sine fund gik han rundt om kirken, mens regnen piskende mod hans nakke. Han nåede den store trædør, der skilte den regnvåde grussti fra kirkens indre, og standsede et kort øjeblik for at samle sig. Døren virkede næsten truende, som om den krævede noget af ham for at lukke ham ind. Men med en dyb indånding skubbede han den op, trådte indenfor og blev mødt af den tunge hellige stilhed, der fyldte de gamle haller.

'Hallo, er her nogen? Hr. præst eller fru præst?'

Kirken var mennesketom. Han hilste kort på Guds søn, der pligtskyldigt hang på korset, før han tjekkede, om der var vand i døbefonten, som var det eneste vand, Tøger umiddelbart kunne genkende fra sine ganske få besøg i en kirke.

'Det er vand fra et helligt sted. Det må være helligt vand - ergo må det være vievand' konkluderede Tøger.

Han havde mødt en vampyr, set døden i øjnene og nu reagerede han på en fornuftig og rationel måde. Hvis hans mor, måtte hendes sjæl hvile i fred, havde set ham, ville hun have været meget imponeret af sin søn. Det var Tøger sikker på.

131

Tøger skruede hurtigt lågene af de tomme flasker, og på få øjeblikke havde han fyldt dem til randen med vievand fra den lille stenfontæne. Med tre flasker, nu fyldt med den hellige væske, følte han sig en smule bedre rustet, men han vidste, at vievand alene ikke ville være tilstrækkeligt. Der skulle mere til, hvis han skulle have en reel chance.

Beslutsomt forlod han kirken og gik mod et hjørne af gårdspladsen, hvor han fandt en lille bunke frisk jord, som endnu ikke var blevet fjernet. Uden at tøve smed han sig på knæ i den kolde våde jord og begyndte at skovle håndfuld efter håndfuld ned i en af plastposerne. Fem, måske syv håndfulde senere var posen fuld nok, og han rejste sig med både den og posen med vievandet i hænderne. Første del af hans plan var lykkedes, men han manglede stadig noget.

Han trådte ud på den regnvåde gade med et målrettet blik, der ikke passede til hans normalt afslappede væsen. Ikke langt derfra fik han øje på en ældre dame, der kom gående med en af de indkøbsvogne, som pensionister altid syntes at eje – fyldt til randen med indkøb. Tøger anede ikke, hvad den slags egentlig hed, og ærlig talt var han ligeglad. Han havde vigtigere ting at tænke på. Han var en mand på en mission, og intet, heller ikke en fremmeds stirrende blik, skulle afholde ham fra at finde en præst, der kunne give ham det sidste, han manglede.

'Undskyld, gamle dame! Kan du hjælpe mig?'

Han løb efter den stakkels kvinde, der satte farten op, da hun så den ivrige hippie med det farverige tøj. 'Taler du dansk? Er du døv, gamle dame?' råbte Tøger. Han satte farten op og hentede ind på damen, der desperat forsøgte at komme væk fra den gale mand, der jagtede hende ned ad hovedgaden. Efter en jagt, der gik over mere end hundrede meter, gav den ældre dame op og overgav sig.

'Hvad vil du mig? Jeg har ikke gjort dig noget!' råbte hun nærmest i panik, da Tøger nåede hen til hende.

Tøger var helt rød i hovedet, for dette måtte være den hårdeste dag nogensinde for hans ellers så dovne krop.

'Den er helt gal, gamle dame! Jeg skal bruge en præst, og det skulle gerne gå lidt stærkt.' råbte Tøger.

'Jeg er jo ikke præst, unge mand! Jeg går ikke engang i kirke!' svarede damen med en skinger stemme.

'Jeg troede, at alle gamle damer gik i kirke.' prustede Tøger.

Han havde tabt den sidste rest af luft i lungerne, efter at have råbt så højt, at hele den lille havneby havde kunnet høre ham.

'Du kan måske finde hjælp derinde.'

Hun pegede mod en butik, der stolt reklamerede med titlen: "Kirkens Overskudslager". Tøger takkede damen mange gange, før han krydsede vejen til den sparsomt indrettede butik, der udefra lignede en børnetøjsbutik for farveblinde. Han trådte ind ad døren, hvor en lille klokke annoncerede hans ankomst. En stor dame, med en vægt over gennemsnittet, stod bag kassen, der med et skilt annoncerede, at man ikke tog Dankort, Visa eller MasterCard.

'Velkommen til! Jeg hedder Inge. Du råber bare, hvis jeg kan hjælpe dig.'

'Det kan du godt. Jeg skal tale med en præst.'

Han ville ikke spilde tiden med småsnak. Det var over middag, det var efterår, og timerne med dagslys var begrænsede.

'En præst? Sådan en har vi ikke her i huset.'

Tøger satte sig på en træstol, der åbenbart var en del af et sæt, der kunne blive hans for hundrede kroner.

'Hvad er den af? Du ser helt bleg ud? Kan jeg friste med en kop varm kaffe?'

'Jeg skulle sådan set bare bruge en præst. Jeg havde håbet på, at han kunne hjælpe mig med nogle småting.' sagde Tøger opgivende.

Han havde løbet, samlet, jaget og endda overgået sig selv i beslutsomhed. En halvmaraton, en halvhjertet kamp mod en gammel dame og halvdelen af de nødvendige våben var nu hans, men til hvilken nytte? Uden en præst var alt spildt. Tårer begyndte at trænge sig på, og han blinkede febrilsk for at holde dem tilbage. Tanken om, at dagslyset snart ville forsvinde, var som en knytnæve i maven. Når natten faldt på, hvad skulle der så ske med Hanne og Jakob? De billeder, han havde forestillet sig tidligere, dukkede op igen – blod, kaos, deres liv i fare – og det føltes som en uløselig knude i hans bryst. Det faldt ham ikke ind, ikke engang et øjeblik, at Hanne og Jakob selv havde lukket Istvan ind i deres liv. Selvfølgelig ville de næppe være i fare. De var i det mindste ikke ofre, hvis det overhovedet var rigtigt at kalde dem det. Men sådan noget logisk ræsonnement var alt for fjernt for Tøger. Han var aldrig en mand, der lod logik diktere sine handlinger. Nej, han havde altid valgt de mest indviklede, mest usandsynlige løsninger – og lige nu var det ikke anderledes. Hans sind var fastlåst på én ting: at finde en præst og redde sine venner, uanset hvor ulogisk eller umuligt det måtte virke.

'Hvad skal du da bruge? Jeg har både et øre til at lytte, en skulder at græde ved og en enkelt øl i hjørneskabet, hvis det er helt galt fat med dig.'

Tøger rystede på hovedet. Øl gav ham hovedpine.

'Hvad har du i krucifikser og kors?'

Inge kiggede forundret på den distræte kunde.

'Jeg har da et par kors hist og her. Skal det være med eller uden Guds søn?' spurgte hun.

'Det har jeg aldrig tænkt over.'

Han var i tvivl, for han kunne ikke huske en vampyrfilm, hvor man havde brugt et kors med Jesus på. Omvendt tænkte han, at det nok ikke ville skade med lidt ekstra forsikring.

'Hvad har du i kors med Jesus?'

Han rejste sig fra stolen, før Inge kom tilbage til disken med favnen fyldt med kors i alle størrelser.

'Skal det være noget, du kan have stående på en hylde?'

'Nej, det skal være håndholdt.'

Det reducerede antallet af Inges kors betragteligt. Det tog derfor ikke Tøger længe at vælge en håndfuld af de forskellige kors, som han hver især testede for, hvor godt de nu lå i hånden. Han pakkede dem i posen med vandflaskerne og kiggede sig rundt i butikken.

'Er der andet, du kan bruge?' spurgte Inge.

'Hvordan med pæle? Kan du klare et par af dem?' spurgte Tøger, der ikke umiddelbart kunne få øje på noget, som han kunne spidde en vampyr med.

'Pæle?' spurgte Inge forundret.

'Det er til en vampyr, forstår du!' forklarede Tøger. Han overvejede kort, om han havde tid til at spidse køllerne fra det kroketsæt, han havde set i sommerhuset.

'En vampyr?'

'Ja, det var jo derfor, jeg havde brug for en præst.'

'Jeg tror, vi lukker nu. Det bliver tyve kroner for de kors.' kom det kort fra Inge.

Tøger lagde to tiere på disken og forlod butikken, da han som gammel kræmmer godt vidste, hvornår det var tid til at slå til - og hvornår det var tid til at skride. Da han kom ud af butikken, slog uret på den gamle kirke to slag. Der var stadig et par timer tilbage med dagslys, og de skulle ikke spildes, så han svang de to poser over skulderen og begyndte at gå mod sommerhuset. Inden mørket faldt, ville Tøger kunne skrive vampyrjæger på visitkortet. Det var han helt sikker på.

Kapitel 12

'Jakob, vågn op! Vi skal have snittet nogle pæle ud af de her køller.' hviskede Tøger.

Jakob blinkede træt et par gange og forsøgte at få sine øjne til at fokusere. Han var overbevist om, at han stadig befandt sig i en sær drøm. Den lille mærkeligt udseende havenisse, der stirrede på ham fra en hylde, virkede som noget, hans underbevidsthed havde fundet på, og stuen, han lå i, var lige så fremmed. Det tog ham et øjeblik at registrere, at han lå i en knirkende kurvestol – en uskøn kombination af grimt og ubekvemt. Jakob strakte sig halvhjertet og kiggede rundt igen. Nej, han kendte hverken stolen, rummet eller havenissen. Det kunne kun betyde én ting: Han drømte.

'Hører du overhovedet efter?' spurgte nissen.

Jakob stirrede på den lille sjove mand og tøvede, usikker på om han skulle grine eller bare lukke øjnene og håbe, at figuren ville forsvinde af sig selv. Inden han nåede at beslutte sig, slog den lille mand opgivende ud med armene, som om han selv havde givet op på situationen, og forsvandt sporløst. Jakob blinkede et par gange, men manden var væk – så hurtigt, at han ikke engang var sikker på, om han havde været der til at begynde med.

'Man skal da også gøre alting selv. Så må jeg jo selv slå den grimme vampyr ihjel.' klagede nissen.

Øjeblikket senere smækkede en dør.

'Hehe, gør du det, Rudolf.' grinede Jakob.

Hans hjerne kunne ikke komme på et nissenavn, men han tænkte, at Rudolf var tæt nok på. Jakob strakte sig forsigtigt i stolen, hvilket straks blev mødt med en symfoni af knæk fra skuldre og ryg. På trods af de protesterende led rejste han sig med et tungt suk og vaklede mod toiletdøren, som var han en udslidt zombie med en ryg, der bar på flere års nag.

Hans hjerne begyndte så småt at vågne, selvom det føltes som at forsøge at starte en gammel motor i frostvejr. Cylindrene hostede og spruttede, men han vidste, at der snart ville være gang i systemet – måske. For nu var hans eneste mål at finde badeværelset.

'Vampyr? Hvad snakker du om?' spurgte Jakob.

Jakob trak sine bukser og shorts ned og stillede sig til rette foran toilettet. Den første stråle ramte porcelænet, og med den fulgte en lille lettelse – ikke bare fysisk, men også mentalt. Men så, som et lyn fra en klar himmel, faldt den berømte tiøre ned i hans mentale møntindkast. Hans blik frøs midt i bevægelsen, og en ubehagelig erkendelse skyllede over ham. Noget var forkert. Meget forkert.

Tankerne begyndte at rulle baglæns, og hans halvsløve hjerne gik endelig op i gear.

'FOR SATAN DA, TØGER! STOP FOR SATAN, MAND!' råbte Jakob.

Han kæmpede med sine bukser, som han fik trukket op på vej gennem den lille stue. Han væltede ud ad døren til haven i samme øjeblik, som Tøger brølede af kærlighedsvognen.

'Jeg ved, du er derinde, Vampyrmand. Jeg er bevæbnet, så kom ud med hænderne oppe.'

'TØGER! STOOOOOOP!'

Jakob faldt ned på den regnvåde græsplæne, så hele hans vægt ramte med et tungt *klask*. Tøger, der lige havde vendt sig mod Jakob, stoppede brat op og tog instinktivt to skridt tilbage. Det var et heldigt træk – mere for Tøger end for Jakob. I samme sekund fløj Istvan ud gennem bussens sidedør, kløerne fremstrakt som dødbringende våben. De sylespidse kløer, som kun en vampyr kunne bære med den slags dødelige elegance, svævede akkurat forbi Tøger. Et enkelt skridt, og han ville have været flået til blods. Solen var næsten forsvundet bag horisonten, og husets skygger opslugte det sidste dagslys. Det havde åbenbart aldrig strejfet Tøgers bevidsthed – en lille, men vital forglemmelse, der denne gang næsten havde kostet ham livet.

Han stirrede med vidtåbne øjne på Istvan, som nu rejste sig fra sit fald og vendte sig mod Tøger med et rovdyrs sultne blik.

'Stå stille, Satan!' råbte Tøger med en stemme, der forsøgte at lyde myndig, men knækkede af frygt halvvejs igennem.

Han hev et kors op af posen og holdt det foran sig som et skjold. I sin panik bemærkede han ikke engang, om det var med eller uden en lille Jesus-figur – noget han ellers havde brugt unødvendigt lang tid på at vælge tidligere. Istvan rynkede panden og rettede sin kølige opmærksomhed mod Tøger, der stadig fumlede febrilsk med sin plastikpose, mens han forsøgte at holde korset strakt ud mod vampyren. Med en næsten teatralsk gestus pegede Istvan mod Tøger med hele hånden og vendte sig mod Jakob, der stadig lå på plænen.

'Hvad er det her, Jakob?' spurgte han med en irriteret, nærmest opgivende tone, som om hele situationen var en unødvendig forstyrrelse.

Hans blik flakkede mellem Tøgers desperate forsøg på at virke farlig og Jakobs tavse skikkelse. Tøgers hånd rystede endnu mere nu, og plastposen i hans anden hånd knitrede ubehjælpeligt.

'Tøger har vist fundet ud af, at du er vampyr.' svarede Jakob.

Han lå stadig udstrakt på græsplænen, der var kold og våd.

'Tøger? Jeg gør dig ikke noget!' prøvede Istvan.

Hans flammende røde øjne og hugtænderne hjalp ikke på situationen.

'Det er sidste advarsel! Jeg udsletter dig, hvis du ikke skrider nu.' råbte Tøger panisk.

Han løftede, hvad der for Jakob lignede en håndfuld jord ud af den ene plastpose.

'Tøger! Stop nu! Han er sammen med mig og er helt ufarlig.' kaldte Jakob.

Han overdrev måske en smule ved at påstå, at Istvan var ufarlig, men han anede ikke, hvordan han skulle få den gamle hippie til at lægge våbnene. Istvan tog et skridt frem mod Tøger, der samtidig tog to skridt tilbage, før han kastede indholdet af sin hånd lige i hovedet på, hvad han sikkert opfattede som en truende vampyr. Istvan fik jord i munden og begyndte at spytte voldsomt.

'Jeg har ham, Jakob. Se på ham! Han er færdig!' jublede Tøger.

Han holdt sig på behørig afstand af den hostende og spyttende Istvan, der så ud, som om han ikke kunne få luft.

Istvan tørrede det sidste jord væk fra læberne og knurrede af den underlige hippie.

'Hvorfor i alverden kaster du jord i ansigtet på mig, din sindssyge mandsperson!' knurrede vampyren.

'Stop nu, Tøger.' kom det pludselig fra et sted bag Jakob, hvor Hanne nu stod og legede mægler.

Jakob sukkede. Han stolede ikke på Hannes ageren i en krisesituation.

'Han er jo vampyr, Hanne. Du sagde det selv. Se på ham!' råbte Tøger.

Hans stemme lød tynd.

'Han er ikke farlig!' prøvede Jakob.

Han rejste sig fra den våde plæne og tog opstilling ved siden af Hanne.

'JORD! Du kaster med JORD!' knurrede vampyren igen.

Han tog et skridt mod Tøger, der lignede en mand, der havde fortrudt alt, hvad han havde foretaget sig inden for det seneste årti.

'Det er jo hellig jord fra kirkegården.' nærmest græd Tøger.

Han greb en af flaskerne, som han fik skruet låget af i en hurtig bevægelse. Jakob skulle lige til at råbe, da Tøger pressede sammen på siden af flasken.

Vandet skød ud i en lang tyk stråle. Ingen sagde noget i et par sekunder, mens Istvan stod dækket af knap halvanden liter vand.

'Nu kan det fandeme være nok!' råbte Istvan.

Han flåede den næsten tomme flaske ud af hånden på Tøger og tyrede den lige i hovedet på den måbende hippie. Flasken prellede af på Tøgers pande og landede i en busk, der havde overgivet sig til efteråret og derfor havde smidt samtlige blade.

'Det gjorde næsten ikke ondt.' sagde Tøger.

Hans stemme lød først overrasket, men gik hurtigt over i en gurglende lyd, da Istvan greb fat om halsen på den regnbuefarvede mand.

'Istvan! Nej!' råbte Jakob.

Han sprang fremad, men endnu engang undervurderede han den våde græsplæne, der for anden gang fjernede fødderne under ham.

'Hvad fanden laver du, Jakob?' spurgte Hanne.

Hun stirrede på Jakob samtidig med, at Istvan nedlagde Tøger ved halsen og gjorde mine til at gøre de forenede danske hashpushere en hel del fattigere. Jakob krabbede sig frem på jorden, indtil han kunne kaste sig over Istvan, der brølede i forskrækkelse over, at Jakob pludselig blandede sig i den ellers så nemme likvidering af Tøger.

'Hanne! Tag kroketkøllen!' råbte Tøger, da Istvan i et sekund gav slip på Tøgers hals, for at skubbe Jakob væk fra den meget lidt erotiske trekant, der udspillede sig på græsplænen.

'Jeg tror ikke, vi skal spille kroket nu!' råbte Hanne.

Jakob ville have grinet, hvis han ikke kæmpede for Tøgers liv. Han kravlede op på ryggen af Istvan, der panisk ville ud af den sandwich, som han ufrivilligt var blevet en del af. Istvan rejste sig fra jorden med Jakob hængende om halsen.

Tøger så straks sit snit til at rulle væk fra begivenhederne. Istvan greb ud efter Tøgers fødder, men Tøger greb den tidligere kroketkølle, der nu var en sylespids pæl og samtidig Tøgers sidste våben. Istvan trak hånden til sig og bakkede væk fra Tøger, der nu kom løbende med Præstøs skarpeste kroketkølle.

'Av for satan, mine nosser!' klagede Jakob, da Istvan bakkede ind i Tøgers kærlighedsvogn med sin Mester på ryggen.

Han gled ned ad siden af vognen i samme sekund, som Tøger hamrede kroketkøllen ind i brystkassen på Istvan.

'NEEEEEEEEEEEEEEJ!'

Hannes stemme skar gennem aftenmørket.

Jakob rejste sig langsomt, vaklende som en mand, der endnu ikke helt vidste, om han var vågen eller fanget i et mareridt. Foran ham lå både Tøger og Istvan, men det varede kun et øjeblik. Nærmest koreograferet rejste de sig begge op – Tøger lidt klodset og Istvan med en glidende, rovdyrsagtig elegance. Jakob stirrede på kroketkøllen, der stak ud fra Istvans bryst. Den brækkede spids hang nødtørftigt fast i vampyrens skjorte og antydede kun svagt det hul, den havde efterladt. Istvan lod sit blik falde ned ad sig selv og betragtede køllen med selvlysende øjne, før han med et vredt ryk rev den fri. Tøger stirrede vantro på scenen. Han kunne næsten ikke fatte det. Han havde gjort alt rigtigt – han havde rettet slaget direkte mod vampyrens hjerte, som enhver selvudnævnt vampyrdræber ville have gjort. Men det havde været forgæves. Korset, den hellige jord, vievandet og nu pælen – intet havde haft nogen effekt. Istvan stod foran dem, lige så levende og truende som før. En bølge af opgivelse skyllede over Tøger. Hans krop føltes tung, hans sind tømt for idéer. Hvad kunne stoppe dette monster? Han vidste det ikke. Al kampgejst forlod ham, og han faldt på knæ i det våde græs. Han bøjede hovedet i skam, som om han allerede accepterede sin skæbne, mens Istvan betragtede ham med et blik, der var en farlig blanding af irritation og morskab.

'Nu er det altså slut med at ødelægge mit tøj.' klagede vampyren.

Istvan hamrede kroketkøllen, der nu manglede en spids, igennem siden på kærlighedsvognen.

'Er du okay, Istvan?' spurgte Jakob.

Han følte sig groggy efter, hvad der føltes som tolv omgange med en vampyr, en hippie og en helt urimelig glat græsplæne.

'Jeg ved ikke med jer andre, men jeg er sulten. Lad os spise og planlægge for fremtiden.' kom det fra Istvan.

Han åbnede bagsmækken på varevognen og trak en dunk blod frem. Han gik direkte mod den skræmte Tøger, der stadig sad på knæ og rystede af skræk. Da han passerede den skrækslagne mand, lod han dunken med blod falde til jorden, så Tøger krøb sammen.

'Slæb mit blod, slave!' knurrede Istvan, inden han forsvandt ind i sommerhuset og smækkede døren bag sig.

Kapitel 13

Der var ikke overraskende stille, da de endelig fik sat sig til bords for at spise. Jakob havde lånt den nu gennemhullede kærlighedsvogn op til en dagligvarebutik, der mod al god skik for det lille lokalområde havde åbent længere end til klokken 14 på en lørdag.

'Vil du ikke spise med, Tøger?' spurgte Hanne.

Hun havde genfundet lidt af sit gode humør, da hun havde opdaget, at Hansens datter havde efterladt lidt tøj i en af de mange skuffer og skabe, som sommerhuset bød på. Hun sad nu i en "Student 1998" T-shirt og et par shorts i en farve, der havde været trendy omkring samme tid, som huen var blevet sat på hovedet af den glade student. Det var ikke pænt, men det var rent, helt uden blod og duftede af blomster ligesom alt andet i huset. Hansens kone havde tæppebombet hver eneste skuffe med duftposer, så selv stearinlysene, der stod tændt på bordet, duftede, som havde de været marineret i blomsternektar.

'Nej, ellers tak! Jeg er jo bare en slave.' svarede Tøger fornærmet.

Han havde pænt slæbt dunken med blod ind til Istvan, der umiddelbart efter havde skænket sig selv et stort glas blod. Tøger havde været skræmt fra vid og sans, men det ændrede ikke på, at han ikke ville tituleres som slave.

'Slaven kan spise, når I andre er færdige.' knurrede Istvan.

Han skiftevis kiggede på Tøger og hullet i skjorten, der ikke bare var blod, jord eller mudder, men et hul!

'Skal vi ikke droppe det der med slave?' spurgte Jakob forsigtigt.

Han nød at spise ved et bord, der ikke vippede ved hver eneste bevægelse. Han havde tømt butikken for brød og pålæg, så ingen skulle sulte over weekenden. Han kunne ikke huske, om sommerhuset bød på andet end en udendørs grill, så han havde ikke købt ind til varm mad, hvilket Hanne havde brokket sig over adskillige gange, før de satte sig til bords.

'Det ved jeg ikke. Hvad synes du, Mester?' spurgte Istvan spydigt.

Den store vampyr var ikke glad. Jakob nikkede forstående og indordnede sig øjeblikkeligt ved tanken om en rangorden. Det var også nemmere på den måde. Man undgik også at blive bidt, tænkte han og overlod Tøger til at løse sine egne problemer med titler og den slags.

'Hvorfor skal I altid være så sure og negative?' strålede Hanne.

Istvan og Jakob udvekslede blikke i et kort sekund, men ingen af dem sagde noget.

'Vi har Nutella, Tøger. Halvfems kroner for 750 gram.' forsøgte Jakob.

Han løftede det store ovale glas fra bordet for at lokke den fornærmede hippie ud af busken. Tøger havde skiftet regnbueblusen ud med en trøje, der proklamerede, at Rock i Viborg 1989 bød på bands som TV2 og Gnags.

Trøjen var hullet, for Tøger havde været lige så lemfældig med brugen af sin trøje, som festivalarrangøren havde været med ordet rock.

'Jeg spiser ikke den slags tysk gift.' klagede Tøger.

Jakob smilede overbærende. Tøger var ikke hippie for ingenting. Han bed ikke på den slags kommercialisme, men havde øjensynligt ingen problemer med at reklamere for Gnags.

'Vi har også honning.' lokkede Jakob, mens han rodede i en af de mange poser, som bød på alt, hvad hjertet kunne begære i brød, pålæg og smørelse.

'Er den økologisk? Jeg tåler ikke fabriksfremstillet honning.'

'Det tror jeg nok. Der står intet om bier i bure på siden af bøtten.'

Han grinede af sin egen joke. Ingen andre grinede med.

'Det er jo ikke et spørgsmål om, hvorvidt bierne er taget til fange. Det er mere...' begyndte Tøger.

'Sæt dig ned og spis den honning, inden jeg flår rygsøjlen ud af din krop!' knurrede Istvan.

Stilheden faldt endnu engang over selskabet, da Tøger med pludselig fornyet energi og gåpåmod rejste sig fra kurvestolen og placerede sig ved spisebordet.

Han satte sig længst væk fra Istvan, der stirrede arrigt med de selvlysende røde øjne.

'Sikke et humør. Måske er der en, der lige bør arbejde på sit happy face.' sagde Hanne. Hun rystede misbilligende på hovedet ad den sure vampyr. Den kommentar blev den sidste dråbe for Istvan, der hamrede begge hænder i bordet, inden han rejste sig og forlod sommerhuset.

'Han gør vitterligt ingenting for den gode karma.' sukkede Tøger, da Istvan var på sikker afstand. Han læste på bøtten til honningen, før han åbnede den og smurte et tykt lag på en økologisk bolle.

'Nej, han har da nej-hatten på i dag.' svarede Hanne.

'Jeg går ud og snakker med ham.' sagde Jakob, der nægtede at tage parti med Hanne og Tøger.

De tog endnu ikke situationen med Istvans familie alvorligt og regnede åbenbart med, at et gemmested var nok, når vampyrfamilien kom tilbage efter Istvan - og ikke mindst de varmblodede mennesker omkring ham!

'Det er også rigtigt, Jakob. Du er jo altid vores redningsmand. Gå du ud og snak noget fornuft ind i den vampyr, som du bare har så meget styr på.' kom det spydigt fra Hanne.

Jakob ignorerede hende, rejste sig og gik mod døren.

'Han er sådan en vatpik. Hvad ser du dog i ham?'

Jakob lukkede døren efter sig, så han slap for at høre, hvad Hanne svarede. Han skulle ikke langt væk fra sommerhuset for at finde Istvan, der sad på den ene side af en bænk, der fyldte halvdelen af den lille veranda foran sommerhuset. Istvan kiggede ud i aftenmørket og sagde ingenting, da Jakob satte sig overfor ham.

'Hvor lang tid har vi?'

'Det ved jeg ikke, Mester, men vi får travlt. Der skal findes tømmer, graves huller og sættes fælder op, hvis vi skal have en chance.' svarede Istvan.

Han fortsatte med at stirre ud i aftenmørket.

'Men sådan cirka? Hvis du skulle gætte?' spurgte Jakob.

'Alin er velsagtens tilbage i Rumænien i morgen, så han kan sladre til sin far. Så vil det tage ham endnu et døgn at samle et hold mordere - og et par dage mere for at rejse retur til Danmark.' svarede Istvan.

'Så hvis det er lørdag i dag...?' spurgte Jakob forsigtigt.

'Så er han tilbage med sine venner på onsdag.' svarede Istvan med en kølig stemme.

'Jeg ved godt, at jeg ikke skal spørge…' startede Jakob.

'Så lad være!' knurrede vampyren.

De sad lidt i tavshed, for Spørge Jakob havde fået sin lyst styret for en tid.

'Vi angreb nogle huse i Frankrig en tidlig morgen. Solen var ved at gå op og vi var sultne. Det var ren blodrus.' begyndte Istvan.

'Hvem er vi?'

'Alins far var lige blevet Stormester, som er den vampyr med den største magt i vores klan.' svarede Istvan. Han tog sin jakke af for første gang, siden han havde forladt kisten nogle nætter forinden. Han foldede jakken pænt og lagde den på bordet mellem ham og Jakob. 'Stormesteren var ikke som dem, der kom før ham. Han var mere end blot blodtørstig – han var ond. Plyndring, voldtægter og brutale meningsløse mord var kernen i hans måde at herske over klanen på.' forklarede Istvan i en rolig tone.

'Stormesteren og jeg fandt et hus fyldt med små piger, der ventede på at komme i et kloster nogle få kilometer fra byen. De var ikke mere end elleve eller tolv år, og de var skræmte. Folk i byen blev slagtet en efter en. Der var blod og legemsdele overalt. De, der ikke var blevet slagtet eller voldtaget, skreg om hjælp, indtil det var deres tur. Der var ingen nåde. Byboerne havde kun få steder at gemme sig, og vi var alt for mange.' fortsatte Istvan. Han rettede igen på skjorten, før han fortsatte.

153

'Han gik amok. Han ville sende en besked til de andre klaner og nærliggende byer. Han bad mig gøre pigerne klar til ham, og jeg trak dem ind i et soveværelse, hvor de alle skulle klæde sig af for Stormesteren.'

Jakob havde en fornemmelse af, hvor historien ville gå hen, men han turde ikke sige en lyd, så han lyttede videre.

'Jeg kunne ikke. Det var forkert. Vi havde angrebet hele landsbyer før, men aldrig kvinder og slet ikke børn. De eneste kvinder, vi normalt tog blod fra, var prostituerede eller hjemløse. Mødre og børn var et brud på et gammelt kodeks, der gik længere tilbage, end nogen vampyr kunne huske.'

Istvan kiggede op. Det samme gjorde Jakob. Han så på Hanne og Tøger, der gik og ryddede bordet og de mange poser med madvarer.

'Jeg stak af med alle pigerne. Først ud ad vinduet, så over den lille bymur og senere i en gammel hestevogn. De gemte sig i høet, og jeg afleverede dem ved klostret, så hurtigt jeg kunne. Alle kom frem uskadte.'

'Hvad med klanen? De må have været rasende på dig?'

'Det var de også, for ingen trodsede en Stormester. Min onkel hadede mig, men hvad kunne han gøre? Hvis han fortalte om min gode gerning, ville han afsløre sit eget brud på kodeks, og det turde han trods alt ikke.'

Jakob nikkede. Han begyndte at forstå, hvorfor det var så vigtigt for Istvan at holde fast i traditioner og æresbegreber. Han kaldte ikke Jakob for mester for ingenting.

'Ingen klan var stærkere end vores, men det ville ikke forhindre de andre klaner i at slå sig sammen mod Stormesteren, hvis nyheden om hans brud på et æreskodeks kom ud.'

'Hvad gjorde de så? Hvordan endte du i den kiste?'

'Jeg havde en kæreste. En smuk vampira.'

Istvan blev stille igen, og Jakob kunne mærke det brændende behov for at stille det åbenlyse spørgsmål. Alligevel holdt han sig tilbage. Hvis Istvan ville fortælle mere, måtte det ske på hans egne præmisser. Den store vampyr rejste sig langsomt og gik mod døren. Han samlede sin jakke op fra bordet i én flydende bevægelse og lagde kortvarigt en tung hånd på Jakobs skulder.

'En anden dag, Mester. En anden dag.'

Han trak Jakob op fra bænken. De gik begge tilbage mod lyset, varmen og duften af sommerhus.

'Jeg har lavet varm kakao. Hvem er frisk på et spil ludo?' spurgte Hanne, der igen var tilbage i sommerhusstemning.

'Hvorfor ikke? Vi kan ikke arbejde uden materialer alligevel.' svarede Jakob.

155

Han trak endnu en grim kurvestol op til det grimme kurvebord. Han satte sig ved siden af Istvan, der modvilligt havde sat sig foran en rygende varm kop kakao. 'Nu skal vi rigtig hygge, Istvan. Det er sådan noget, som vi danskere er gode til.' sagde Hanne og smilede stort.

Istvan nikkede og kiggede på de fire røde brikker, som Tøger forsigtigt havde tildelt ham. For Jakob lignede de fire brikker hver især fire flygtninge, der stod over for en farlig mission. Han smilede til Hanne og håbede inderligt, at de fire brikker alle ville komme sikkert hjem meget snart.

Kapitel 14

Søndagen blev brugt på at grave huller de steder, Istvan havde markeret i nattens mørke. De følgende dage var præget af pendulfart, hvor Tøger og Jakob kørte frem og tilbage for at hente materialer til Istvan, der arbejdede utrætteligt gennem natten. Hanne tog sig af maden og opførte sig, med få undtagelser af små nedsmeltninger, næsten som et normalt menneske. Det var dog ingen overraskelse, at den ventede storm først ramte onsdag aften. En aften, der var frygtet af dem alle. Og som alle katastrofer begyndte det hele med noget helt uskyldigt. Det begyndte med ketchup.

'For helvede da, Jakob! Kan du ikke hjælpe mig med denne her ketchup?' råbte Hanne fra køkkenet. Hendes toneleje lå mellem hysteri og vrede, så Jakob opgav sit forehavende. 'Jeg må hellere gå ind til hende, inden der ryger en sikring.' Han klappede Tøger på skulderen i et kort næsten beroligende øjeblik midt i al planlægningen. Sammen med Istvan havde de tegnet en nøje udtænkt flugtrute væk fra sommerhuset. En vej, der skulle sikre dem et hurtigt og sikkert exit, hvis det værst tænkelige skulle ske. Istvan var den eneste, der kendte til alle fælderne, som han omhyggeligt havde placeret rundt om på ejendommen. Når de andre gik ind for at spise, ville han aktivere dem en efter en. Fra det øjeblik ville der kun være én sikker rute fra sommerhuset til vejen, og det var af største betydning, at de alle fire lærte den til punkt og prikke. Tid var ikke en luksus, de havde råd til, og Istvans alvorlige blik havde gjort det klart, at fejltrin ikke var en mulighed. Jakob trådte indenfor netop som plastflasken med ketchup blev truet med eder og forbandelser, som Jakob dårligt nok anede eksisterede. Hanne var knaldrød i hovedet, og selvom hun matchede flaskens farve, var de to langt fra perlevenner.

'Jeg kan simpelthen ikke få ketchup ud af den lorteflaske.'
klagede hun til Jakob.

'Hvad skal du også med ketchup nu? Du har jo ikke lavet
mad endnu?' spurgte Jakob.

Det var et dumt spørgsmål. Snart ville ketchuppen løsne
sig, og Jakob ville blive opgraderet til Hannes fjende
nummer et.

'Jeg ville lave en lille skål, så vi kunne tage ketchup med
en lille ske, ligesom normale mennesker, Jakob!'

'Har du skåret den lille dut af?'

Han insisterede åbenbart på at stille spørgsmål, der
bragte hans liv og levned i fare.

'Hvad mener du?'

Hun stirrede olmt på Jakob, der allerede nu bandede af
den dut, der med garanti stadig sad på. Han løftede med
rystende hænder toppen af flasken, der ikke helt uden ironi
afslørede et stykke med dut, der endnu ikke var separeret fra
resten af plastflasken.

'Den dut?'

Han pegede på toppen af flasken.

'Hvad skal den være godt for?' spurgte Hanne.

'Jeg skal ikke kunne sige det. Måske for at folk ikke stjæler
ketchup i supermarkedet?' prøvede Jakob.

'Gør du nar af mig?'

Han holdt vejret. Alle svar ville være forkerte. Han frygtede kort for sin egen dut, der var faretruende tæt på Hannes knæ, mens de stod tæt på hinanden i køkkenet. 'Vi køber jo altid Heinz. Den har da ikke nogen dut, har den vel, Jakob?' Han havde forventet en reaktion, der ville få taget til at lette på det lille sommerhus. Hanne drejede rundt på hælen og forsvandt ind i soveværelset, hvor hun smækkede døren så hårdt, at Jakobs dut krøb sammen.

'Hun bliver god igen.' konstaterede han for sig selv. Han fandt en saks i køkkenskuffen, klippede den berømte dut af og stillede den nu dut-løse flaske på køkkenbordet.

'Er der styr på det hele?' spurgte Tøger.

Han og Istvan kom ind fra haven. De tog lidt af kulden med ind. Vinteren var i den grad på vej. Jakob lagde fingeren over munden, da han ikke orkede mere ballade og slet ikke havde brug for, at Tøger pustede yderligere til den ild, der allerede havde sat aftenen i flammer. Han pegede på soveværelsesdøren, og Tøger nikkede. De tre mænd satte sig til bords omkring kurvebordet.

'Vi kan ikke starte, hvis Hanne ikke er her. Jeg har ikke tid til at forklare kortet flere gange.' sukkede Istvan.

'Giv hende lige to minutter.' svarede Jakob.

Han kiggede allerede nysgerrigt på planen, som Istvan havde lagt frem på kurvebordet.

'Er alle fælderne på planen?' spurgte Tøger begejstret.

'Nej, det er en plan over den rute, som du skal tage, hvis du vil undgå fælderne.' svarede Jakob hurtigt.

Han ville for alt i verden undgå, at Istvan igen begyndte at knurre af den altid lettere omtågede hippie.

'Nu har vi knoklet rundt i den have i dagevis, så nu tillader jeg mig altså at spørge: Hvad skal der egentlig til for at slå en vampyr ihjel' spurgte Tøger.

Jakob kiggede uroligt på Istvan. Den store vampyr havde ikke glemt Tøgers formålsløse angreb på hans tøj nogle dage forinden.

'En knust krop fra et fald eller noget andet voldsomt, men der skal meget til.' svarede Istvan, der nu havde lukket sine øjne.

Jakob genkendte Istvans forsøg på at bevare fatningen, men vidste også, at hans tålmodighed med Tøger var papirtynd. Det var ikke blevet bedre af, at de havde tilbragt en lille håndfuld aftener sammen.

'Så pæle igennem hjertet og alt det pladder virker ikke? Hvad med hvidløg?' spurgte Tøger.

'Du kan kappe hovedet af os, hvis du er stærk nok.' svarede Istvan.

'Med andre ord risikerer vi at få kappet hovedet af, hvis vi går den forkerte vej?' afbrød Jakob.

Han havde gennemskuet, at de huller, som gruppen havde gravet i løbet af ugen, ikke ville være dybe nok til at sende en vampyr i døden.

'Fælderne er ikke beregnet til at slå nogen ihjel. De er ment som et forsvar, der skal stoppe dem, så vi kan komme væk herfra.' svarede Istvan roligt.

'Skal vi ikke slå dem ihjel? Hvorfor i alverden skal vi ikke det?' udbrød Jakob overrasket.

Det havde pludselig været meget omsonst arbejde, hvis det ikke garanterede den sikre død for alskens vampyrer.

'Fordi vampyrer ikke slår andre vampyrer ihjel. Det er imod vores kodeks.' svarede Istvan.

'Vil de da ikke slå dig ihjel? Hvad vil de så? Grave dig ned i Rødovre eller Køge?' jamrede Jakob.

Han kunne pludselig ikke se meningen med galskaben.

Han kunne dog regne ud, at det pludselig kun var ham, Tøger og Hanne, der var i livsfare.

'Jeg aner ikke, hvad der vil ske, hvis de får fat i mig. Det er også sagen uvedkommende. Jeg slår ikke andre vampyrer ihjel.'

Jakob gav op og slog ud med armene. Han troede ikke sine egne ører. Han måtte reagere, inden vreden tog over.

'Hvor fanden bliver hun af?

Han rejste sig og gik mod soveværelset. Han var ikke meget for at vove sig ind i løvens hule, men den sidste rest af tålmodighed var opbrugt.

'Kom nu ind til os andre. Vi er i gang med at planlægge flugtruten.' plæderede Jakob, da han åbnede døren til det store soveværelse.

'Det er simpelthen løgn! Den dumme møgkælling.' råbte Jakob.

'Hvad sker der?' spurgte Tøger.

Jakob vidste godt, at Tøger for alt i verden ikke ville være alene med Istvan. Så han fulgte derfor altid i røven på Jakob, så snart vampyren var i nærheden.

'Hun er væk! Stukket af ud ad vinduet.' konstaterede Jakob.

Han kunne mærke tårer, der pressede sig på. Han var ikke ked af det, trist eller havde ondt nogen steder. Han var bare ved at blive hysterisk over, hvordan Hanne altid brød alle regler for, hvordan et sundt og godt parforhold skulle fungere. Han følte sig snydt for normale dage med en normal opførsel fra en normal kæreste.

'Hvad græder du over?' spurgte Istvan, da Jakob kom tilbage til stuen. Tøger fulgte pligtskyldigt efter.

'Hun er fandme væk!'

'Vi må ud og lede efter hende!' råbte Tøger.

Han tog et rask skridt mod døren, men hans fremdrift blev brat stoppet af Istvans hånd, der greb fat i Tøgers skulder.

'Det kan vi ikke, Tøger. Vi kender jo ikke flugtruten.' sukkede Jakob.

'Den var værre!' kom det fra hippien.

'Nej, der er noget, som er endnu værre.' svarede Jakob.

'Det gør Hanne heller ikke.' sagde Istvan.

Han kiggede alvorligt på Jakob.

Kapitel 15

Sorin førte an gennem den tætte skov, der omkransede sommerhusområdet. Hans bevægelser var lydløse og elegante, og flere gange kastede han sig ned på alle fire, hvor han brugte hver eneste sans til at finde vejen frem mod Istvan. Han var smidig som en puma, og hans instinkter svigtede ham aldrig. Istvan var tæt på, og tanken om den kommende jagt fik blodet til at bruse i Sorins årer. Det var mere end blot et spørgsmål om hævn – det var en triumf, en forløsning. Og som en bonus ventede mindst to dødelige, hvis livskraft Sorin længtes efter at drikke. De ville blive symbolet på hans sejr, når Istvan endelig lå knust for hans fødder.

Bag ham fulgte Florentin, der kæmpede for at holde trit med Sorins vilde fremfærd gennem buskene. Sorin kravlede og smøg sig frem med en næsten dyrisk intensitet, mens Florentin måtte tage omveje og bruge sin styrke til at bane sig vej. Han var roligere end sin ven, men det gjorde ham ikke mindre fokuseret. Nogle kilometer tidligere havde han opfanget færten af kvinden – den kvinde, som den kujonagtige Istvan brugte som sit skjold. Florentin smilede ved tanken. Hvis Alin tillod det, ville han gerne tage sig af kvinden først. Hun havde en tiltrækningskraft, som Florentin ønskede at nyde, inden hun blev overdraget til Sorin, der aldrig forstod kunsten at værdsætte en kvindekrop før drabet. Et par meter bag de to vampyrer fulgte Alin og Catalina. Alin havde flere gange under turen fra Rumænien forsøgt at føre en samtale med Catalina, men med begrænset succes. Hun havde kun svaret med korte afmålte ord, når hun overhovedet svarede. Hendes opmærksomhed var konstant rettet fremad mod Florentins spor og videre derfra – mod Istvan. Hun talte lige så lidt, som hun tænkte på noget andet end hævn. Istvan ville snart betale prisen, og Catalina var klar til at give ham den samme skæbne, som hendes far havde lidt under hans hånd.

'Catalina, lad mig minde dig om, at Istvan på ingen måde må komme til skade.' forklarede Alin med en nervøs dirren i stemmen.

Han kunne mærke intensiteten, der strømmede fra hende – en kulde, der skar igennem ham som vinterfrost på en nøgen krop. Hendes fokus var så skarpt, at det føltes som en fysisk kraft. De havde alle slået over i dansk, da de krydsede grænsen til Danmark. Det havde krævet tilvænning, men det var nødvendigt for ikke at tiltrække unødig opmærksomhed i et lille land med en dybt rodfæstet mistro til fremmede.

'Ti stille, Alin. Du forstyrrer min koncentration.' kom det koldt fra Catalina, hendes tone uden plads til diskussion.

Ordene var som et slag, og det var tydeligt, at hun ikke havde nogen intentioner om at ære sit løfte. For hende var Istvan allerede dømt. Snart ville han glide ind i kategorien for "de dødelige døde" – en ubetydelig afvigelse på vampyrernes blodlinje. Catalina kunne ikke være mere ligeglad. Skampletten på familienavnet var Alins problem, ikke hendes. Hun havde ingen familie tilbage, og det var udelukkende Istvans skyld. Han skulle få hendes tak, det var hun sikker på.

'Min far knækker samtlige knogler i min krop!' tryglede Alin med desperation i stemmen.

165

For første gang gik det for alvor op for ham, hvor galt det hele kunne ende. Hans stolthed over at have fået Catalina med på jagten var ved at smuldre under vægten af hendes ubønhørlige beslutsomhed. Planen, der skulle sikre Istvans overlevelse og familiens ære, var ved at falde fra hinanden for øjnene af ham.

'Hvad du og din far laver, er ikke min bekymring, Alin.' sagde Catalina uden en antydning af medfølelse.

Hendes ord var som et skarpt hug, og hendes blik borede sig ind i ham. For hende var Alin intet andet end en nar – et fjols, der aldrig vidste, hvordan han skulle spille sine kort. Uanset hvad, endte han altid med sorteper på hånden. Han omgav sig med folk, der var lige så hjælpeløse og indbildske som ham selv; forkælede snotunger uden den mindste forståelse for, hvordan verden virkelig fungerede.

'Mener du det? Er det sådan, du behandler mig, efter at jeg har hjulpet dig til din fars morder?' spurgte Alin desperat.

Hans stemme bævede, og han forsøgte at spille et sympatikort, der ikke eksisterede i det spil, Catalina spillede. Hun var immun over for kærlighed, sympati og empati – følelser, der for hende var både irrelevante og svaghedstegn. Catalina stoppede brat op og drejede sig mod ham.

Hun trådte tættere på ham, hendes bevægelser langsomme og præcise, indtil de stod næse til næse. Hendes øjne brændte med en intensitet, der fik Alin til at vakle indvendigt.

'Og hvad sker der så, Alin?' knurrede hun, hendes stemme lav og farlig.

'Hvis vi fanger ham og overdrager ham til din far – hvad sker der så?'

Hendes ord faldt fra en afstand, der var skræmmende tæt på, mere egnet til intim hvisken end truende spørgsmål. Alin kunne mærke hendes kølige ånde, og det gik op for ham, at han stod over for en, der aldrig spillede efter andre regler end sine egne.

'Jeg ved ikke, hvad min far vil gøre ved ham.'

Alins stemme skælvede, men ordene var hudløst ærlige.

'Han vil pine ham, men jeg ved ikke, om han tør slå ham ihjel.'

Hans ærlighed var delvist frivillig, men det faktum, at Catalina holdt en kniv presset mod hans mest sårbare sted, hjalp bestemt på sagen. På afstand kunne det næsten ligne en intim og erotisk situation, men for Alin var der intet ophidsende ved Catalinas kølige, kalkulerende blik og knivens iskolde, truende tilstedeværelse.

'Pine ham?'

Catalinas stemme var en knurren, der kom fra et sted dybere end hendes hals.

'Han er død, Alin! Vi er alle døde! Det er andre menneskers blod, der flyder i vores årer!'

Ordene flammede ud af hende, og Alin kunne mærke en ny varme – denne gang fra hendes hugtænder, der langsomt gled frem bag hendes læber.

'Vi er ikke døde, Catalina. Vi er ikke døde.' peb Alin.

Hans stemme var lille og ynkelig, og han var sikker på, at dette var slutningen. Catalinas blik var som stål, og han kunne mærke, at hendes nåde ikke var noget, han kunne regne med denne gang.

'Hør her, Strigoi!' snerrede Catalina.

Hendes stemme skar som knivens æg.

'Du døde den dag, du blev vendt. Vi er de levende døde – zombier! Igler, der lever af andre folks blod.'

Hendes foragt for vampyrernes selvforherligende syn på deres tilværelse var tydelig. For hende var livet som vampyr ikke en evig fest, men en kold og ubarmhjertig realitet.

'Når jeg finder Istvan, så lukker jeg hans øjne for sidste gang.'

Hendes stemme sænkede sig, fyldt med en isnende ro, der var langt mere skræmmende end råb.

'Han er allerede død, men jeg skal nok sikre mig, at han ikke længere går blandt de levende.'

Med de ord trak hun kniven væk og trådte tilbage. Alin faldt sammen i skovbunden, hans krop rystede både af frygt og frustration. Han var rasende – ikke kun på Catalina, men også på sig selv. Men han turde ikke handle på det. Han havde ingen chance mod hende, og det vidste han. Hun kunne knuse ham med få velrettede slag – fysisk eller med sine skarpe ord.

'Vi... vi må kunne tale om det.' fremstammede han, hans stemme lavmælt og næsten grædefærdig.

Frygten sad fast i hans strube som en kvælende hånd. Catalina kunne såre ham, det var sandt, men det var intet sammenlignet med, hvad hans far ville gøre, hvis han vendte tilbage uden Istvan. Eller værre endnu, hvis han kom hjem med Istvans livløse krop. Alin stirrede op mod Catalina og vidste, at han var fanget mellem to umulige valg – hver med sin egen dødsdom.

'Jeg er færdig med at tale, Alin.'

Hun tilbød ikke Alin en hånd, så han kunne komme op. Han var svag, og for Catalina var svaghed utiltalende på grænsen til kvalmende.

169

'Men det er vi ikke.' sagde Sorin og trådte frem fra skyggerne.

Han havde taget plads ved siden af Florentin, der stod lænet op ad et af grantræerne. De to vampyrer udgjorde en tavs, men truende skikkelse langs linjen af grantræer, der markerede grænsen mellem skoven og sommerhusenes haver.

'Har du da noget at byde ind med?' spurgte Catalina køligt uden at vende sig.

Hendes ryg forblev mod de to vampyrer, men hendes tone var skarp som en kniv. Hun vidste, at de støttede Alin, både i ord og handling – en loyalitet, der kun frustrerede hende yderligere.

'Hvis Alin vil have Istvan med hjem i ét stykke, så får han Istvan med hjem i ét stykke.' truede Sorin.

Hans stemme var rolig, men fuld af underliggende styrke. Han var ikke typen, der skjulte sin selvsikkerhed, og han frygtede ingen. Catalina var dog ingen almindelig modstander – hun adlød hverken vampyrernes love eller nogen klaners aftaler. Hun var en farlig enspænder, en skygge blandt skygger, som selv de mest magtfulde vampyrer undgik at udfordre. Sorin var dog ikke som de andre. Han var snu, hurtig og stærk som en bjørn – og han vidste det.

Catalina lod et kort køligt smil spille over sine læber, stadig uden at vende sig.

'Det er kun antallet af kister, jeg skal fylde, der afgør, hvornår jeg får fat i Istvan.' svarede hun tørt.

Hendes ord var som iskoldt stål, og det var tydeligt, at hun mente hvert eneste af dem. Ingen, hverken vampyr eller dødelig, ville stå imellem hende og hendes hævn. Istvans skæbne var forseglet i hendes sind, og hun tøvede ikke med at tage enhver ned, der vovede at stille sig i vejen.

'Hvad får dig til at tro, at du kan klare Istvan?' fnøs Florentin og lænede sig tilbage mod grantræet med armene over kors.

'Han slog din far ihjel – en mand, der både var større og stærkere end nogen af os.'

Hans ord var som små stik, men hans tone bar en vis ligegyldighed, som om Catalinas trusler kun underholdt ham. Så længe han var omgivet af Alin og Sorin, følte han sig sikker. De to havde reddet ham fra mange farer gennem årene – vrede ægtemænd, jaloux brødre og stærke vampyrer, som han havde fornærmet eller udfordret under sine eskapader. Sorin lo højlydt og klappede Florentin på skulderen.

'Han har ret, Catalina. Du ville være chanceløs mod Istvan, hvis du angreb ham alene.'

Der var en underliggende hån i hans latter, som om hendes kamp allerede var tabt i deres øjne. Catalina sagde ingenting, men hendes hænder bevægede sig roligt, mens hun rettede på den alt for store hættetrøje. Hun trak stoffet ned med begge hænder, så det gled tilbage og blottede hendes nakke. Det fik de to store vampyrer til at smile endnu bredere. En blottet hals og nakke var næsten en invitation til angreb – en handling, der blandt vampyrer blev betragtet som en svaghed. Det var at udsætte netop det område, der både var deres eget mål og deres mest sårbare punkt. Men smilene stivnede hurtigt. På et splitsekund rullede Catalina baglæns, og før de nåede at reagere, mærkede Sorin og Florentin det kolde stål mod deres hals. Hun holdt to knive millimeter fra deres struber, hendes bevægelser havde været hurtige og præcise som et rovdyrs angreb.

'Hvad får jer til at tro, at jeg ikke kan klare Istvan?' snerrede hun med en ro, der fik hendes ord til at føles som et sværdhug.

Hun holdt knivene oppe et øjeblik længere end nødvendigt for at understrege sin pointe – og for at lade dem mærke hendes overlegenhed.

'Fjern den kniv!' knurrede Sorin, hans hugtænder allerede fremme, klar til kamp.

Hans vrede kogte lige under overfladen, men selv han vidste, at hun i øjeblikket havde overtaget.

'Eller hvad?'

Catalina snerrede tilbage og pressede kniven hårdere mod hans hals, så det kolde metal næsten skar i huden. Hun lænede sig frem mod ham, hendes blik iskoldt og undersøgende. Hun ville dufte frygten, mærke hans svaghed, men i sin provokation vendte hun ryggen til Florentin. Han mærkede kniven ved sin hals flytte sig og så sit øjeblik til at handle. Hans krop spændtes, klar til at angribe. Men før han nåede at gøre mere end at tænke tanken, mærkede han knivens blad igen – denne gang tættere og mere truende mod hans strube. Catalina havde allerede forudset hans bevægelse, og hendes reaktion var øjeblikkelig.

'Et sekund til, og du mister din hals.' hvæsede hun lavt uden at kigge på ham, hendes fokus stadig på Sorin.

Situationen var hendes, og hun lod dem begge mærke det.

'Stå stille, Florentin!' kommanderede Catalina skarpt, mens hendes krop forblev låst i en adræt position.

Hendes balance var perfekt, og hendes knivhold fastlåste begge mænd. Hun kunne lugte Sorin, så tæt stod hun på ham, men til sin skuffelse fangede hun ikke duften af frygt.

Sorin var urokkelig; hans frygtløshed gjorde ham til den farligste af de tre. Hans ansigt var som hugget i sten, uden en eneste dråbe sved, der kunne afsløre den mindste usikkerhed. Catalina fastholdt sit greb, hendes grønne øjne skinnede som på et rovdyr, der havde sit bytte fanget. Men så bemærkede hun, hvordan Sorins næsebor begyndte at vibrere. Hendes første tanke var, at han planlagde et angreb − at han ville tage chancen, koste hvad det ville. Hendes greb om kniven strammedes. Men Sorins fokus var allerede langt fra Catalina og det skarpe blad ved hans hals.

'Kvinden! Hun kommer denne vej.' sagde Sorin køligt.

Hans stemme bar ingen tegn på panik, kun en næsten nysgerrig konstatering. Han drejede hovedet og lod sine selvlysende røde øjne møde Catalinas grønne − en kontrast, der næsten kunne have været smuk, hvis ikke situationen havde været dødsensalvorlig. For Sorin var Catalinas blik normalt det sidste, nogen så, hvis de havde mærket en af hendes knive mod halsen. Men denne gang vidste de begge, at situationen var ved at ændre sig. Catalina holdt sin position, men hendes øjne flakkede et øjeblik mod Sorin, som nu stirrede målrettet mod skoven. Hans ord hang i luften, og hun vidste, at han aldrig ville lade sig distrahere af noget så simpelt som en trussel mod sit liv, medmindre han var sikker på, at noget større var på spil. Kvinden.

Hun indså hurtigt, hvad han mente. Situationen havde taget en ny drejning, og selv Catalina vidste, at tingene nu ville bevæge sig hurtigt.

'Vi må fange hende. Hun kan være madding for Istvan.' hviskede Alin, hans stemme fyldt med fornyet energi.

Han stod mindre end to meter bag Catalina og havde fulgt situationen med en blanding af nervøsitet og fascination. Indtil for få øjeblikke siden havde han været overbevist om, at jagten var en fiasko. Jægerne var i splid med hinanden, og det virkede umuligt at få fat på Istvan. Men nu var der et glimt af håb i hans øjne og stemme. Idéen om at bruge levende madding havde altid været en pirrende taktik for vampyrer, og Alin vidste, hvor effektivt det havde været mod Istvan tidligere. Han kunne næsten ikke skjule sin begejstring over udsigten til at gentage succesen. Hans øjne fulgte skoven, som om han allerede kunne se kvinden bevæge sig direkte mod dem. Catalina svarede ikke. Hun slap knivene, der faldt til hendes sider med en næsten lydløs elegance. Derefter gled hun ubemærket af fra Sorins skulder og forsvandt som en skygge bag det nærmeste træ. Hendes bevægelser var flydende og præcise, som om hun var ét med mørket omkring dem. I samme øjeblik kastede Sorin og Florentin sig ned på alle fire i skovbunden.

De gled ind i skyggerne, næsten usynlige, og deres skikkelser smeltede sammen med den mørke jord og bladene. Det var et perfekt angrebspunkt, og begge vampyrer var klar til at springe frem, når øjeblikket bød sig. Kun Alin blev stående, rank og spændt som en fjeder. Hans blik søgte det sted, hvor kvinden ville dukke op, og han ventede med en ro, der ikke var hans egen. Det var et øjeblik, hvor alt føltes som stilstand – et kort åndedrag i nattens stilhed – før jagten igen ville bryde løs. Alin var sikker på, at byttet snart ville gå direkte i fælden.

Kapitel 16

'Vi må tænke os om, før vi går ud og gør noget overilet.' prøvede Istvan.

Det var kun et spørgsmål om tid, før Jakob ville skride til handling. Han prøvede at besinde sig. Jo færre fejl de begik, jo større var chancen for, at de ville overleve natten.

'Vi bliver nødt til at gå ud og lede efter hende. Vi kan ikke bare sidde her.' gentog Jakob.

'Jeg har ikke sat fælder op for ingenting, Mester. Vi kan ikke bare fare ud og gøre os selv til lette mål for fjenden.'

Jakob bemærkede, at Istvan udstrålede alt den ro, som han selv så desperat søgte.

'Kan vi ikke bare stille os i døren og kalde på hende?'
kom det fra Tøger.

'Og tiltrække os opmærksomhed samtidig med, at vi lader dem vide, at vi mangler Hanne?' spurgte Istvan.

Tøger sank ned i en kurvestol. Han skulle lige til at åbne munden, da han blev afbrudt af en kvindes hyl ude fra området omkring huset. Hylet blev til et hysterisk skrig, der fortsatte i nogle sekunder, før der igen blev stille.

'Hanne!' råbte Jakob.

Han tog et par hurtige skridt mod døren, før Istvans hånd greb ham og trak ham tilbage i stuen.

'Du skal ingen steder, Mester!' sagde Istvan køligt.

Han satte Jakob ned på gulvet midt i stuen og fandt kontakten til lyset. Et øjeblik senere var huset mørkt som aftenmørket i haven.

'Du hørte hende selv. Hun faldt i en fælde. Hun...' prøvede Jakob, før han blev afbrudt af den store vampyr.

'Det var ikke Hanne, der faldt i fælden.'

Den store vampyr sank ned på alle fire og trak i samme bevægelse Tøger ud af kurvestolen. Der lå de så på gulvet alle tre og legede stilleleg. Istvan drejede hovedet i forskellige retninger. Han prøvede at spore og samle lydene, som hverken Jakob eller Tøger kunne høre.

'De er ikke langt væk fra huset. Måske halvtreds meter.'

177

'Hvor mange er de?' spurgte Jakob.

'En halv snes stykker' svarede Istvan samtidig med, at han lagde hånden over Jakobs mund.

Jakob nikkede og lod forstå, at han skulle være stille.

Istvan krøb hen over gulvet til døren i overmenneskelig fart. Han satte sig op og åbnede forsigtigt døren ud til haven. Det var omkring frysepunktet udenfor, og gulvet i stuen blev koldt i løbet af få sekunder.

'Istvan! Kommer du ud og leger?' kom det fra haven, netop som Istvan skulle til at lukke døren igen.

'De har fundet os!' sukkede Tøger opgivende.

Han lukkede øjnene.

'Tror du?' svarede Jakob sarkastisk.

Han anede ikke, om Hanne var sluppet væk - eller om hun sad fast i en fælde ude i haven. Han var sikker på, at han havde hørt hende skrige, men prøvede at overbevise sig selv om, at Istvan havde ret. Hvis det var en anden end hende, der var røget i fælden, så havde Hanne måske haft held til at slippe væk.

'Istvan! Hvor er du?' kom det drillende fra stemmen i haven.

'Du skal ikke gå derud' sagde Tøger.

Jakob skulle til at kommentere, men hans blik fangede Istvans øjne, der oplyste bunden af glasset i havedøren.

178

'Istvan?' lød det fra en kvindestemme uden for huset. Stemmen var fremmed, den lød slet ikke som Hanne. Personen måtte være tæt på, men Jakob kunne ikke se kvinden gennem ruden i døren. Han udvekslede et bekymret blik med Tøger, hvis ansigtsudtryk mest af alt mindede om et stort spørgsmålstegn. Mens Jakob forsøgte at finde ordene og dreje hovedet for at hviske noget til Istvan, opdagede han med et sæt, at vampyren allerede var væk. Døren til huset stod pivåben, og den kølige nattebrise strømmede ind.

Udenfor stod Istvan nu et par meter fra huset, hans silhuet mørk mod det blege månelys. Hans indre syn flakkede over skoven, mens han koncentrerede sig. Med lukkede øjne og fuldt fokus rakte han ud efter deres tilstedeværelse i mørket. Fire. Han kunne mærke fire vampyrer. Det undrede ham. Hvorfor kun fire? Det var alt for få. Enhver vampyr med en smule sans vidste, at fire modstandere var langt fra nok til at matche ham. Mistanken ulmede, men han havde ikke tid til at handle på den.

'Istvan?' lød stemmen igen, denne gang ovenfra.

Han løftede blikket mod husets tag og opdagede straks skikkelsen, der havde ventet på ham i stilhed. De grønne øjne fangede lyset og funklede skarpt i mørket som juveler. Et øjeblik føltes det, som om hans hjerte sank en smule. Catalina sprang ned fra taget, hendes bevægelser glidende og præcise. Hun landede uden en lyd og gik målrettet mod ham, hendes blik urokkeligt og skarpt.

'Catalina. Hvad laver du her?' spurgte Istvan, hans stemme lige dele overrasket og hård.

Hans holdning ændrede sig, musklerne spændte sig under hans skjorte, som om han allerede forberedte sig på, hvad der måtte komme. Hun var smukkere end nogensinde, og det tog ikke vampyren mange sekunder at genfinde sine følelser for det smukke væsen med de grønne øjne.

'Hvad tror du selv?' svarede Catalina, hendes stemme iskold og blottet for varme.

Hvis Istvan havde håbet på en genspejling af tidligere følelser, blev håbet knust. Hendes tone gjorde det klart, at det modsatte var tilfældet.

'Hvis jeg vidste det, så ...' begyndte Istvan, men hans sætning blev brat afbrudt.

Catalina hamrede en kniv ned i hans skulder med en kraft, der sendte ham bagover.

Før han overhovedet kunne reagere, sad hun oven på ham og pressede endnu en kniv ind i hans anden skulder. Bladet borede sig dybt, og hans krop blev fastlåst til græsset under ham.

'Vi har et regnskab, du og jeg. Elsker til elsker. Vampyr til vampira.' sagde hun med en stemme, der var foruroligende rolig.

Hun trak ikke vejret, som om hun kontrollerede hvert ord med kirurgisk præcision. Hendes bevægelser var afslappede, og hun satte sig til rette oven på ham som en jæger, der havde taget sit bytte.

'Er du sammen med Alin nu?' spurgte Istvan.

Hans stemme var lav og kælen, næsten drilsk, som om han forsøgte at genvinde noget af sin sædvanlige charme.

'Alin?'

Catalina fnøs.

'Han er lige så ubetydelig, som han altid har været. Måske mere nu, hvor din fælde har skåret benene af ham.'

Hendes ord dryppede af foragt, og hun nærmest spyttede Alins navn ud, som om det efterlod en dårlig smag i hendes mund. Alligevel afsluttede hun sætningen med et lille smil, som om hun nød synet af Istvan under sig – fastlåst og sårbar.

Hun lod sin venstre hånd glide gennem Istvans hår, og han lukkede øjnene. Et øjeblik overgav han sig til følelsen, den eneste rest af ømhed, han havde længtes efter i de år, hvor hans kiste havde ligget begravet i Hedehusene. Hendes berøring var en bittersød påmindelse om fortiden, og han lod sig nyde det, men kun et øjeblik. For han vidste godt, hvad der ventede. Catalina havde forrådt ham, og han kunne mærke døden lure i hendes bevægelser. Hun var smuk, farlig og ubarmhjertig. Han nød hendes hånds kærtegn, men i sit sind planlagde han allerede sin hævn. Hvis dette var deres sidste møde, ville han sørge for, at prisen, hun skulle betale, ville være høj.

'Farvel, mit livs kærlighed.' hviskede Catalina ømt og greb fat i Istvans hår, trak det bagover og blottede hans hals.

Hun løftede kniven med sin højre hånd, bladet klar til at skille hovedet fra kroppen i ét hurtigt, præcist hug. Istvan stirrede op på hende, hans sind grebet af vantro. Hun ville virkelig slå ham ihjel.

'Hvorfor?' spurgte han med en stemme, der stadig var blid, trods faren, der hang tungt i luften.

Hans krop var spændt som en fjeder, og hans sind balancerede på en knivsæg. To muligheder lå foran ham. Han kunne slås for sit liv – eller lade hende afslutte det hele.

Hans instinkt råbte på overlevelse, men hans hjerte var klar til at dø under hendes hånd. Hvis det skulle slutte, kunne han ikke forestille sig en mere passende afslutning for en vampyr end at dø for kærligheden.

'Fordi du slog min far ihjel!' knurrede Catalina, hendes stemme fuld af vrede og hendes øjne brændte grønnere og mere intense end nogensinde.

Hun hævede kniven, og Istvan åbnede munden for at protestere, men inden ordene nåede frem, kom kniven farende mod hans hals.

'Neeeej!'

Sorins råb flænsede nattens stilhed, idet han kastede sig over Catalina. Hun rullede rundt på den kolde fugtige græsplæne med ham, mens hendes knivsblad susede forbi sit mål med millimeters afstand til Istvans hals. Sorin var lynhurtig og stod allerede klar med to knive, da Catalina kom på fødderne. Hans blik var fuld af rovdyrisk fokus, og hans muskler spændte sig til kamp.

'Du er død, Sorin.' konstaterede Catalina tørt og trak endnu et sæt knive frem fra sit tilsyneladende endeløse arsenal på ryggen.

Hendes bevægelser var rolige og præcise, som om hun allerede havde kalkuleret slagets udfald.

De stod ansigt til ansigt, to vampyrer, der begge vidste, at kun én af dem ville forlade denne kamp i live. Luften mellem dem sitrede af spænding, og skovens mørke virkede pludselig endnu dybere.

'Det tror jeg ikke.' svarede Sorin og kastede sig direkte mod Catalina, kniven rettet mod hendes bryst.

Hans bevægelse var kraftfuld og selvsikker, men Catalina havde set det komme. Med en glidende halv omgang drejede hun sig væk, så Sorins angreb ramte forbi med en god halv meter. Da han fløj forbi hende, løftede hun sine hænder med en næsten dansende elegance. Et øjeblik senere mødte begge hendes knive Sorins hals.

'Det tror jeg.' sagde hun tørt, idet hun afsluttede sin bevægelse, der var begyndt som en undvigelse, men nu var en dødbringende kontra.

Sorins stærke krop faldt til jorden, mens hans hoved rullede en meter væk. Blodet fra snittet glinsede i månelyset, og alt blev pludselig stille.

'Hvor kom vi fra?' spurgte Catalina og vendte sig med roligt blik mod græspletten, hvor hun øjeblikket før havde været tæt på at ende Istvans liv.

'Vi kom fra din far.' svarede Istvan køligt.

Han stod lænet mod Tøgers vogn, blodet fra hans skulder dryppende på jorden.

Den ene kniv sad stadig fast, mens han langsomt trak den anden ud. Hans røde øjne glødede, og de skarpe tænder glimtede i takt med månelyset, der skar gennem nattens mørke.

'Hvorfor, Istvan? Hvorfor?' spurgte Catalina, hendes stemme iskold.

Der var ingen følelser tilbage. Legen var ovre. Nu var det kun tid til død. Hun bevægede sig målrettet mod ham, mens han roligt tørrede sit eget blod af hendes kniv og derefter kastede den fra sig. En knurren steg fra hans bryst, dybt og truende. Hun kastede sig frem mod Istvan, hendes knive hævet. Men før hun nåede ham, hamrede hans næve ind i hendes ribben med en kraft, der sendte chokbølger gennem hendes krop.

'Jeg…' brølede han, og et højlydt knæk hørtes, da hendes ribben gav efter.

Catalina tabte pusten og vaklede.

'Har…' fortsatte han, og det næste slag ramte hendes strube med præcision.

Hendes syn blev sløret, og mørket begyndte at lukke sig om hende, da hun faldt til jorden.

'Ikke…"

Catalinas albue knækkede med en grusom lyd, da han vred hendes arm rundt, som var hun en legetøjsdukke.

185

'Slået…"

Hans støvle fandt hendes knæskal, og det skarpe knæk lød som en dommedagstromme.

'Din…'

Hans anden fod knuste hendes ryg med en lyd som bittesmå stykker træ, der bristede.

'Far…' afsluttede han og trampede hårdt mod hendes nakke.

Et sidste, skarpt knæk lød, før hendes krop blev slap.

'Ihjel!' brølede Istvan, hans stemme rungende i mørket, mens han lod Catalinas krop blive liggende på den blodplettede græsplæne.

Han rettede sig op, trak vejret dybt og vred sin egen nakke, der knækkede taktfast som en uhyggelig hyldest til de mange knogler, han lige havde knust. Istvan stod stille et øjeblik, som om han overvejede, hvad der lige var sket, før han vendte blikket mod huset og natten, hvor flere udfordringer ventede.

'Skal du ikke gøre hende færdig?' lød det drillende fra taget af sommerhuset.

Florentin sad på kanten og smilede ned til Istvan, selvom hans smil ikke havde nogen glæde bag sig. Han havde set Catalina skille hovedet fra kroppen på hans bedste ven og var nu fyldt med en rådvild blanding af sorg og hævntørst.

At se Istvan gøre det beskidte arbejde gav ham en sær tilfredsstillelse – en lille trøst midt i kaosset.

'Bland dig udenom, rotte.' knurrede Istvan og skød et truende blik op mod Florentin.

Hans stemme bar en kant af rå vrede, og det var tydeligt, at han var klar til at tage livet af enhver, der sagde det forkerte ord på det forkerte tidspunkt.

'Alin har din veninde.' svarede Florentin, hans tone stadig rolig, men med en antydning af morskab.

'Jeg har ingen venner – og jeg har slet ikke nogen veninder.' svarede Istvan koldt, hans øjne smalle som knivsæg.

Hans stemme havde mistet al varme; han havde ingen intentioner om at deltage i Florentins spil.

'Hende den dødelige, der lugter af økologisk mælk?' fortsatte Florentin med et skævt smil, der havde mere gift end glæde i sig.

'Hanne!' udbrød Jakob, der pludselig dukkede op i døren til sommerhuset.

Hans ansigt var hvidt som kalk, og hans øjne flakkede mellem Florentin og Istvan.

'Nej, hvor sødt. De dødelige elsker hinanden.'

Florentin lod en hånlig latter glide fra sine læber.

'Det er da godt, at vi ikke gør os i den slags, ikke sandt, Istvan?'

Han lod blikket hvile på vampyren, hvis vrede kun syntes at vokse. Istvan sagde ikke noget. Hans blik var som røde gløder, der brændte gennem nattemørket. En skarp stilhed faldt over dem, tung og truende, mens en kulde, der ikke havde noget med nattens temperatur at gøre, bredte sig i luften.

'Slå ham ihjel, Istvan. Gør dog for fanden noget, mand!' brølede Jakob.

'Hun er på vej til Rumænien sammen med Alin. Fik jeg nævnt at Alin er sur på dig, Istvan?' spurgte Florentin, der ligesom Istvan ignorerede den skabagtige dødelige og alle de harmløse trusler.

'Jeg kommer ikke til Rumænien, Florentin' sagde Istvan.

Han kiggede ned på den livløse Catalina.

'Det tror jeg, at du gør. Jeg vil vædde Hannes liv på, at vi ses der meget snart.' sagde Florentin.

Hans latter lød, inden han forsvandt over tagryggen og ud i aftenmørket, der snart ville blive afløst af kongen af alt mørke. Nattemørket.

'Skal vi ikke efter ham? Du må sgu da gøre noget, Istvan!' fortsatte Jakob, der var ildrød i hovedet af raseri.

En flok vampyrer havde kidnappet hans kæreste, og den største vampyr af dem alle, gjorde intet for at få hende tilbage. Istvan forstod ham godt. Han kunne bare ikke fortælle ham, hvorfor det var en dårlig ide, hvis de skulle tilbage til Rumænien.

'Det hele handler ikke om dig og din lille tilværelse, Jakob.' sagde Istvan.

Han pegede truende på Jakob, som var hans pegefinger det skarpeste sværd i hele Nordeuropa.

'Hvad gør vi så med ham uden hoved? Hvad skal vi sige til politiet?

Jakob pegede på Sorins afhuggede hoved.

'Bland dig udenom, Jakob.' knurrede Istvan.

'Og hvad med hende, som du lige har slået til spillemand? Skal hun ikke også af med hovedet?'

'For sidste gang! Bland dig udenom, Jakob!'

Istvan vendte sig mod Jakob. Denne gang var der mere vildskab og vilje bag truslen, der fik Jakob til at gå en håndfuld skridt tilbage mod huset, hvor Tøger stadig stod i døren og så på fra en sikker afstand.

'Han er helt holdt op med at sige mester. Du må nok hellere komme indenfor.' hviskede Tøger, der kendte sin besøgstid med den store vampyr.

Døren lukkede bag de to mænd samtidig med, at den første sne dalede ned over haverne ved Præstø. Istvan gik rundt om huset og fandt spaden, som han havde brugt til at lave fælder i løbet af ugen. Da han kom tilbage til forsiden af det nydelige lille sommerhus, gik han direkte mod Catalina. Han løftede spaden over hendes hoved og tænkte, at det nok var bedst på denne måde.

Kapitel 17

Catalina mærkede smerten fra sine ører som en skarp hyletone, der nægtede at slippe sit tag i hende. Den tunge dunken fra hendes hjerte overdøvede hurtigt lyden, og hun kunne konstatere, at hendes puls var normal, selvom kroppen føltes som et samlet ømt punkt. Hun forsøgte at åbne øjnene, men smerterne tvang hende til at opgive forsøget for nu. Motoren brølede, da varevognen skiftede gear, og farten blev sat op. Indenfor var der en tyk stilhed, eller måske var det bare hendes ører, der nægtede at opfange lydene. Hun forsøgte at bevæge sig, men rebene omkring hendes håndled og ankler strammede sig mod hendes ømme hud som en konstant påmindelse om hendes fangenskab.

'Det ville jeg ikke gøre, hvis jeg var dig.' kom det fra en mandestemme tæt på.

Lyden var dyb og rolig, men uden den særlige undertone af magt, som vampyrer ofte bar. Det måtte være en dødelig. Catalina havde ikke brug for at åbne øjnene for at vide det – hun kunne mærke blodet pulsere i hans årer, som den mest fristende nektar fra menneskefrugtens sødme. 'Er hun vågen?' lød en anden stemme længere fremme i vognen.

En anden mand, men hans tone var tydeligt mere nervøs og skælvende. Catalina registrerede det straks. Han var svag, et let bytte – og hendes første mål.

'Det tror jeg.' svarede den første stemme, som hun hurtigt udpegede som offer nummer to.

Hans selvsikkerhed var provokerende.

'Bør du så ikke vække Istvan?' spurgte den nervøse stemme.

Der var en hørbar rysten i ordene, som blev endnu tydeligere, da vampyrens navn blev nævnt. Catalina kunne næsten smage hans frygt.

'Han sagde, at vi ikke skulle vække ham, medmindre vi var i fare. Det er vi ikke!' svarede stemmen overfor med en arrogance, der næsten fik hende til at smile på trods af smerten.

Istvans navn var som en gnist, der tændte noget i hende. Catalina tvang øjnene op, selvom smerten skar i hendes hoved. Ømheden bredte sig gennem hendes krop, og hvert sekund intensiverede den til en næsten ulidelig smerte. Hendes blik faldt på manden overfor, og hun lod en dyb dyrisk knurren slippe fra sin hals. Manden stivnede. Selvom hans selvsikkerhed stadig klamrede sig til hans ydre, kunne hun mærke hans puls ændre sig. En advarsel, en brist i facaden. Catalina smilede koldt for sig selv. Han ville blive hendes, før natten var omme. Hun blottede tænderne, hendes knurren steg i intensitet, som et rovdyr, der var klar til at angribe. Manden overfor reagerede ikke med frygt – tværtimod. Han smilede overlegent og løftede en finger for at pege arrogant mod noget over hendes hoved. Hun kastede et blik op og fik straks øje på, hvad han mente. Hendes arme var bundet med to solide reb, der strammede om hendes håndled. Rebene var fastgjort til en ring, der var boltet ind i siden af varevognen. Ringen, der sandsynligvis var beregnet til at sikre hylder eller fragt i bilen, holdt nu en vampyr fanget. Men det var ikke alt. Hun så hækkesaksen. Den hang fra loftet, hvor rebet, der holdt hendes arme, var trukket gennem en krog og endte i saksens greb. Saksen var åbnet som et omvendt "V," og dens skarpe blade var placeret faretruende tæt om hendes hals.

Fjederen på ydersiden af saksens blade var spændt hårdt, kun holdt tilbage af en lille nål. Hvis hun trak sine arme ned, ville rebet trække nålen fri og få saksens blade til at smække sammen – med hendes hals fanget i midten. Catalina mærkede en isnende ro løbe gennem sig. Det var en dødbringende fælde. Manden vidste det, og det var grunden til hans arrogante smil.

'Istvan lader mig ikke sidde her for evigt. Når han slipper mig fri, gemmer jeg dig til sidst.' truede hun med en snerren, hendes stemme fuld af iskold vrede.

Knurren fulgte efter ordene, dyb og truende som en storm, der trak op.

'Det tror jeg ikke, du skal regne med.' svarede han med en ro, der var næsten provokerende.

Han lænede sig tilbage og lukkede øjnene et øjeblik, som om han var helt uden bekymringer. Det var en opvisning i mod eller dumdristighed, men Catalina vidste, at hun ville finde en måde at bryde fri på. Og når hun gjorde, ville hans selvsikre smil være det første, hun rev væk, inden hun tog sig af hans søde blod.

'Jeg kender Istvan bedre end du. Han skal nok slippe mig fri.' knurrede hun igen, hendes stemme lav, men ladet med en faretruende sikkerhed.

Tomme trusler havde altid været et af Catalinas yndlingsvåben. De kunne virke harmløse, men kom de fra hende, var der altid en chance for, at de blev til virkelighed. Hun var ikke typen, der glemte, og hendes løfter om hævn var aldrig tomme.

'Han kalder ellers mig for Mester.'

'Mester?' fnøs Catalina og rullede med øjnene.

Det var det mest latterlige, hun havde hørt i årtier. En dødelig? Mester for en vampyr? Og ikke bare en hvilken som helst vampyr – Istvan, et pragteksemplar og en jæger af sin tid. Det var absurd. Hun ville have brudt ud i en hånlig latter, hvis det ikke havde været for den situation, hun sad i – helt bogstaveligt med hovedet i saksen.

'Den er god nok, søster. Istvan kalder ham for Mester Jakob. Jeg har selv hørt det.' lød det pludselig fra forsædet, hvor den nervøse mand sad.

Hans stemme skælvede stadig, men han syntes at finde en vis fryd i at understøtte den anden mands ord. Catalina stirrede frem mod forsædet. Hendes ører gjorde stadig ondt, men intet skar værre end lyden af dén erklæring. Tankerne om, at Istvan, en vampyr så stærk og frygtindgydende, skulle underkaste sig en dødelig, var ikke blot en fornærmelse – det var utænkeligt.

'Hvor er Istvan?' rasede hun.

'Jeg kræver, at du lader mig tale med ham øjeblikkeligt!'

Hendes hænder knyttede sig i vrede. Rebene strammede sig let, og hækkesaksen vibrerede faretruende ved den lille bevægelse. Hun frøs og tvang sig selv til at falde til ro. Et enkelt fejlagtigt træk, og hun kunne bogstaveligt talt tabe hovedet.

'Sssssshhhhh!" sagde den selvsikre mand, der smilede bredt til hende.

Det var et overbærende smil, fyldt med arrogance. Catalina kunne mærke vreden stige, men hun holdt den i skak. Manden nød øjeblikket, og hun vidste, at han havde magten for nu. Hun gættede hurtigt, hvad der havde ført til denne situation. Det måtte have været mandens partner, som Alin havde fanget i skoven. Jagten havde sat sig selv op til succes, men til hvilken pris? Alins uforsigtighed havde kostet ham det ene ben, da han jagtede den unge kvinde.

Det var en fejl, der kunne ordnes, når Alin var tilbage i Rumænien, men lige nu var det Catalina, der betalte prisen. Den selvsikre mand vidste det og nød hvert sekund. Det fik blodet til at koge i Catalinas årer, men hun tog en dyb indånding og pressede sig selv til at fokusere. Dette spil var langt fra slut. Hun ville finde en vej ud, og når hun gjorde, ville manden fortryde sit overbærende smil.

Den sorte sportsvogn fløj gennem natten som en skygge, næsten usynlig i mørket. De tonede ruder og de matte mørke fælge gjorde bilen til en del af nattens landskab, især på de motorvejsstrækninger der manglede lys og lamper. Kun det dæmpede brøl fra motoren afslørede dens tilstedeværelse. Inde i bilen svedte Alin. Det var usædvanligt for en vampyr – de svedte kun, når de var tæt på døden. Det fik Florentin til at træde endnu hårdere på speederen, hans egne hænder hvide omkring rattet. Bilen reagerede straks og skød endnu hurtigere over den mørke asfalt, hvis farve næsten matchede deres egen desperation.

'Hvordan ser det ud?' spurgte Florentin og brød stilheden.

Hans stemme var en blanding af nervøsitet og trang til at sige noget, hvad som helst, for at udfylde tomrummet. Spørgsmålet var gennemskueligt, måske endda dumt, men stilheden var for tung til at ignorere.

'Hvordan tror du, det ser ud?' knurrede Alin med sammenbidt stemme.

Hans ansigt var en maske af smerte og undertrykt raseri.

'Jeg mangler min fod, halvdelen af mit skinneben, og min anden fod er kvæstet til en blodig masse.' Florentin rømmede sig og holdt blikket stift på vejen. Han havde ikke noget svar på det. Alin forsøgte at holde sin vrede i skak, men det var en kamp. Selvom han ikke ville dø i nat, vidste han, at smerten ville være næsten uudholdelig på hele den lange rejse tilbage til Rumænien. Hvert bump på vejen sendte jag af smerte op gennem hans krop, og han vidste, at timerne foran dem ville føles som en evighed. Florentin sagde ikke mere. Hans fokus var nu på vejen foran dem og det eneste mål, der betød noget var at nå hjem, før Alins situation blev værre. Bilen brølede videre gennem natten, som om den kunne føle presset og var lige så desperat som sine passagerer.

'Hjalp den dødelige slet ikke?" spurgte Florentin, hans stemme søgende, næsten håbefuld.

Han havde desperat brug for at styre samtalen mod noget positivt, noget han kunne holde fast i på den lange og udmattende hjemtur.

'Jo, hun hjalp mig ganske lidt.' svarede Alin og forsøgte at lyde mindre irriteret, end han egentlig var.

Han tog en dyb indånding og tilføjede:

'Jeg er bare sulten og i stor smerte, min trofaste ven.'

Ordene var ærlige, men også et forsøg på at holde broderskabet intakt. Smerten fra hans kvæstede krop truede med at overskygge alt, men han vidste, at han ikke måtte lade det gå ud over Florentin. Med Sorin og Catalina døde på en græsplæne i Danmark var Florentin den sidste brik i hans plan, og Alin havde brug for, at han forblev loyal.

Han skævede mod Florentin, hvis blik stadig var rettet stift mod vejen. Han skal tro på mig, tænkte Alin. Historien om deres mission, som de skulle bringe tilbage til Rumænien, ville kræve enighed, og Florentin måtte stole nok på Alin til ikke at mistænke noget. At Alin allerede havde besluttet, at Florentin skulle tage skylden for jagtens delvise fiasko, var en detalje, som han holdt tæt til brystet. Florentin nikkede forstående, som om han mærkede Alins humør lette en smule. Han sendte sin ven et lille smil i bakspejlet og satte farten yderligere op. Sportsvognens motor svarede med et brøl, der brød nattens stilhed.

'Vi skal nok klare den, Alin.' sagde Florentin lavmælt.

Alin havde brug for, at det var sandt. Hvad end der ventede dem i Rumænien, ville han hellere have, at Florentin tog faldet end ham selv.

Efter mange timers monoton kørsel, hvor Jakob og Tøger
skiftevis havde taget plads bag rattet, sænkede aftenmørket
sig endelig over det sydtyske landskab. Varevognen, kærligt
døbt "kærlighedsvognen," var langt fra nogen racerbil.
Tålmodighed var en nødvendighed, hvis man ville nå
Rumænien i den gamle slæde. Tøger havde netop taget over
som chauffør, og Jakob havde strakt sig ud langs modsatte
side af vognen fra Catalina. Hun havde hængt slapt i sine
reb hele dagen, og hendes manglende aktivitet havde givet
både Tøger og Jakob mulighed for at overvinde deres frygt
for vampiraen. Deres tillid til, at rebene ville holde, havde
givet dem tid til at sove, når de da ikke sad bag rattet. Efter
et hurtigt pitstop med tissepause, forsyninger og optankning
lå Jakob nu trygt pakket ind under et par tæpper. Han var
på nippet til at glide ind i drømmeland, da en hul banken
lød fra under gulvet i vognen.

'Tøger, du er nødt til at køre ind til siden.' sagde Jakob og
pegede ned mod gulvet.

Hans tone var lav, men bestemt. Tøger fangede hans
gestus i bakspejlet og drejede straks vognen ind til siden.

Vejen, der tidligere havde været travl, lå nu øde hen i tusmørkets begyndelse. Jakob sprang ud gennem de dobbelte bagdøre og mødte Tøger, der allerede stod klar udenfor.

Gulvet i varevognen var hævet med en konstruktion af træ, der ved første øjekast lignede opbevaring til campingudstyr. Et par telte, soveposer og tilfældige genstande lå sirligt pakket. Jakob og Tøger begyndte at tømme magasinet og smed udstyret på jorden, indtil de afslørede et stort hulrum. Det var her, Istvan havde opholdt sig undervejs; en interimistisk kiste skabt af behov snarere end komfort. Inde i hulrummet lå også dunkene med blod, hvoraf den ene stadig var trekvart fuld. Istvan blev trukket ud af hulrummet af de to mænd. Han havde dunken i hånden og satte den ind i bilen, mens Jakob og Tøger pakkede campingudstyret tilbage. Stemningen var underligt afslappet, trods situationens absurde natur.

'Hvad har du brugt det rum til før?' spurgte Jakob med en træt, men oprigtig nysgerrighed.

Han havde ikke skænket det en tanke tidligere på turen, da Tøger havde foreslået rummet som skjulested for Istvan.

'Jeg har da smuglet sprut, hash og ludere fra Holland.' grinede Tøger og trak på skuldrene.

Hans afslappede holdning til ulovligheder stod i skarp kontrast til hans skræk for vampyrer.

Smuglervarer var åbenbart en helt anden sag; dér var han frygtløs. Jakob rystede på hovedet med et opgivende smil, mens Tøger klappede ham på skulderen, som om det var den mest naturlige ting i verden. Istvan sagde ingenting, men hans røde øjne glimtede kort i mørket. Rejsen mod Rumænien kunne fortsætte, med kærlighedsvognen tungt lastet med blod og vampyrer.

'Din mor må være stolt af dig.' sagde Jakob og rystede på hovedet, hans stemme dryppende af sarkasme.

Selvom han aldrig sagde nej til en kold pilsner, havde han svært ved at forstå hashrygere. Han kunne genkende den afslappede facon, ofte på grænsen til ren dovenskab, men selve rygningen lå ham fjernt. Han og Tøger havde diskuteret emnet flere gange i sommerhuset, men som altid endte det i mudderkast, hvor ingen af dem var villige til at give sig.

'Har hun været vågen?' spurgte Istvan, uden at afsløre nogen mening om hverken hash eller pilsnere.

Hans spørgsmål var målrettet og direkte, som altid.

'Ja, og hun var ikke glad. Men hun er svækket, så hun sov hurtigt igen.' svarede Jakob.

Han skubbede bagdørene i med et højt smæk, og han og Istvan satte sig ind i vognen.

Tøger sad allerede klar bag rattet, og kærlighedsvognen fortsatte sin rejse mod Østeuropa. Der var en kort stilhed, kun afbrudt af motorens summen. Istvan drak to kopper blod fra den store dunk og betragtede indholdet med et undersøgende blik. Koppen, der bar et stort gult solmotiv og teksten "Nej tak til atomkraft," så næsten komisk ud i hans store hænder.

'Catalina? Er du sulten?' spurgte han pludselig.

Jakob stirrede på Istvan, som om vampyren var gået fra forstanden. Catalina hang slapt i sine reb, en slagen skikkelse, der lignede en bokser efter en brutal knockout. Men så snart hendes navn blev nævnt, åbnede hun øjnene, hendes blik fyldt med en træt, men intens opmærksomhed. Istvan rakte koppen med blod frem, og Catalina tømte den i én lind strøm. Han fyldte koppen igen og rakte den tilbage til hende. Hun drak den anden portion med langsomme rolige bevægelser, som om hun trak styrken tilbage ind i sin krop.

'Jeg har intet at gøre med mordet på din fader.' sagde Istvan roligt, da han fjernede koppen fra hendes ansigt.

Hans stemme var fast, men uden vrede. Catalinas øjne blev straks selvlysende grønne, og en lav dyb knurren steg fra hendes hals.

Hun stirrede på ham med en intensitet, der kunne skære gennem stål.

'Jeg tror ikke på dig.' snerrede hun og lukkede øjnene igen.

Rebene strammede sig svagt, og hun kæmpede synligt for at genvinde kontrollen over sig selv.

'Det behøver du heller ikke. Når jeg er færdig med Alin og hans far, så snakker vi igen.' svarede Istvan roligt.

Han havde ikke forventet, at hans ord alene ville overbevise hende. Han havde håbet, at handlingen – at holde hende i live – ville række længere end de ord, han nu forsøgte at bruge.

'Hvis du er så uskyldig, så slip mig fri. Du har jo intet at frygte, hvis du taler sandt.' brummede Catalina.

Hendes stemme var dyb og kraftfuld, en tydelig effekt af det friske blod, der havde givet hende nyt liv.

'Jeg ved, at jeg er uskyldig, men du bliver siddende, indtil du ved, at jeg er uskyldig.' svarede Istvan med et opgivende suk.

Samtalen kedede ham allerede, og han ønskede, han havde Hannes iPad ved hånden. Han kunne bruge tiden på at læse op på sit hjemlands historie eller infrastruktur. Noget, der ville være langt mere givende end denne udmattende ordveksling.

Tanken om byens gamle tårne, fyldte hans sind og gav ham en sjælden varme, selvom det var mere end 140 år siden, han sidst havde set dem.

'Hvordan får vi Hanne tilbage?' afbrød Jakob pludseligt. Spørgsmålet var enkelt, men ladet med desperation.

'Hun er død! Du får hende aldrig tilbage. Hun ligger i en skov uden så meget som en dråbe blod tilbage i sin blege krop.' knurrede Catalina og smilede bredt.

Hendes ord var en kalkuleret provokation. Jakob stivnede. Han havde hverken selvlysende øjne, hugtænder eller en knurrende adfærd, men det holdt ham ikke fra at hade Catalina med hver eneste fiber i sin krop. Hans næver knyttede sig, og hans ansigt blev mørkt. Han var klar til at eksplodere på vampiraen, hans vrede som en vulkan, der var ved at gå i udbrud. Inden han nåede at reagere, lagde Istvan en rolig hånd på hans skulder. Blikket fra vampyren signalerede en klar besked: Tag det roligt. Jakob sank hårdt, hans brystkasse hævede og sænkede sig i tunge åndedrag. Han adlød modvilligt, men hans blik forblev fast rettet på Catalina, hvis smil stadig var triumferende. Luften i varevognen blev tæt, fyldt med vrede, frygt og uforløste konflikter. Rejsen fortsatte, men enhver i vognen vidste, at den egentlige kamp stadig ventede forude.

'Vi har jo stadig Catalina. Hun har svigtet jagten og dermed Stormesteren, så han vil sikkert gerne høre fra hende.' sagde Istvan tørt og kastede et hurtigt blik på Catalina, hvis øjne lyste af vrede.

'Og du tror, at han vil have noget med mig at gøre overhovedet?' knurrede Catalina, hendes stemme ladet med hån.

Hendes krop spændte sig i rebene, som om hun kunne bryde fri med ren viljestyrke.

'Han er sikkert mere end villig til at bytte en dødelig kvinde med en forfejlet desertør.' svarede Istvan med samme tørre tone.

Jakob, der stod med krydsede arme og glødende vrede i ansigtet, forsøgte at bryde ind, men Istvan greb hans hænder med en rolig, men fast bevægelse. Det var en tydelig besked: Vent.

'Og du tror, at du bare kan arrangere et møde med Stormesteren for at bytte mig væk?' fortsatte Catalina, hendes stemme nu hævet til et råb.

Hendes knurren rungede i varevognens trange kabine.

'Nej da. Det er derfor, at du er i live. Du skal arrangere mødet.' svarede Istvan roligt, hans øjne lukkede, som om han allerede så planen udfolde sig for sit indre blik.

For ham var det enkelt: Hvis han kunne få et møde med Stormesteren uden at blive dræbt, ville alt falde på plads.

'Skal jeg arrangere et møde for, at du kan bytte mig væk? Du er ikke ved dine fulde fem, kære Istvan!' spruttede Catalina, hendes stemme dryppende af foragt.

Hun kunne tydeligvis ikke forestille sig en mere idiotisk idé.

'Hvem siger noget om at bytte dig for en dødelig?' svarede Istvan, hans stemme pludselig kold som is.

'Du er da ikke en forfejlet desertør, er du?'

Catalina stivnede, og for første gang i samtalen blev hun helt stille. Ordene hang tungt i luften, og de ramte som et velrettet slag. Jakob stirrede på Istvan, og det tog ham et øjeblik at forstå, hvad vampyren mente. Da det gik op for ham, sagde han intet. Hvad kunne han sige? Stilheden i kærlighedsvognen var nu næsten larmende, og ingen af de tre brød den. Varevognen fortsatte sin rejse, dens motor den eneste lyd, der fyldte mørket, mens den nærmede sig grænsen og snart ville forlade Tyskland på vej mod Rumænien.

Kapitel 18

Stormesteren lænede sig tilbage i sin stol, hans blik koldt og vurderende, mens han betragtede Alin, der kæmpede for at holde balancen på sit ene knæ.

'Så står du her igen. Endnu engang med dårlige nyheder og endnu en gang uden Istvan. Gjorde jeg mig svært forståelig, eller har din hørelse svigtet dig, kære Alin?'

Bordet foran ham strakte sig over tyve meter, overdådigt dækket op med sølvkarafler, dyre fade og glas fyldt med tykt mørkt blod. Ved hans side sad resten af familien, deres ansigter smurt med en blanding af grådige smil og blodpletter. Længst ude ventede tjenere og unge piger, der stod i lydig tavshed, klar til at opfylde enhver ordre.

'Fader, jeg bringer godt nyt fra Danmark.' svarede Alin.

Han forsøgte at holde stemmen fast, men den bar præg af udmattelse. Han sad på et knæ, besværet af sin manglende fod. Hans entre i salen havde været alt andet end imponerende, og hans krop hvilede nu tungt på en hånd, der forhindrede ham i at falde forover. Stormesteren skævede til ham og lo lavt.

'Hvordan kan du bringe godt nyt? Har du set dig selv for nylig? Du mangler en fod! Du bringer ingen Istvan, og hvad med din bedste ven? Hvor er han i grunden henne?'

'Min fod blev fanget i en fælde.' mumlede Alin, men ordene føltes som grus i hans mund.

Han fortrød dem halvvejs gennem sætningen, men det var allerede for sent.

'Det var kluntet, Alin. Men det var ikke mere, end hvad man måtte forvente af en svækling.

Har du flere undskyldninger, der skal ud, inden du deler de fantastiske nyheder, du har lovet mig?' svarede Stormesteren, mens han løftede, hvad der lignede et barns blodige arm, til munden. Alin drejede hovedet væk i afsky, hans øjne flakkede væk fra bordet. Han havde før set sin familie spise dødelige, før set dem opføre sig som en flok primitive rovdyr. Men det, der udspillede sig foran ham nu, var anderledes. Da Alin endelig lod sit blik vende tilbage mod sin far, så han ham bide størstedelen af kødet af knoglen med et tilfreds smil.

'Han er bedårende, når han er ubehageligt til mode, er han ikke?' sagde Stormesteren, mens han pegede på Alin med den afgnavede knogle.

Hans ord blev mødt af endnu en bølge af latter fra familien, der nu syntes at finde endnu større fornøjelse i deres groteske middagsselskab. Alin bed tænderne sammen. Han var nødt til at finde en vej ud af denne ydmygelse – og han måtte gøre det hurtigt.

'Catalina Arcos er død. Istvan slog hende ihjel, da hun forsøgte at dræbe ham.' afbrød Alin hurtigt og skar gennem familiens latter.

Hans fokus var at få de nødvendige ord ud og slippe væk fra spisesalen så hurtigt som muligt. Synet og lugten af familien fyldte ham med væmmelse. Stormesteren løftede et øjenbryn og lænede sig tilbage i sin stol.

'Ser man det. Så Istvan er os allerede behjælpelig, inden vi overhovedet har fanget ham. Det var da interessant. Jeg håber, han tog sig god tid med at slå hende ihjel.' sagde han med et skævt smil.

'Florentin så Istvan knække hendes krop. Hun led med garanti.' tilføjede Alin.

Han følte ingen sorg over Catalinas død. Hun havde været en byrde under hele jagten, og han fortrød bittert, at han nogensinde havde taget hende med til Danmark.

Stormesteren så ikke længere på Alin. Hans interesse var dalet, og han var allerede optaget af en diskussion om kødkvalitet med et familiemedlem, som Alin ikke genkendte.

Alins irritation voksede, men han vidste, at han måtte holde fast i faderens opmærksomhed.

'Jeg har fanget en dødelig.' sagde han højt.

Hans stemme lød lidt skinger, men det virkede. Stormesteren kiggede tilbage på ham med et træt blik.

'En dødelig? Bravo! Vi har også fanget dødelige. Unge, møre og lige til at spise.' grinede Stormesteren og strakte armene ud, som om han ville omfavne resterne af kropsdele på bordet.

Blodet løb fra bordkanten og dryppede ned på gulvet.

'Hun betyder noget for Istvan. Måske nok til at bringe ham hjem til Rumænien. Måske nok til at bringe ham hjem til dig, fader.' sagde Alin med ydmyghed i stemmen.

Han vidste, at hans far elskede, når vampyrerne omkring ham underkastede sig og hyldede hans magt. Stormesteren løftede et øjenbryn.

'Interessant. Fortsæt.' sagde han og satte sig til rette igen, selvom hans opmærksomhed stadig syntes delt mellem Alin og maden.

'Den dødelige, der gravede Istvan op. Istvan har gjort ham til sin mester.' fortsatte Alin.

Han skyndte sig at få så meget sagt som muligt, mens han stadig havde sin fars ører. Stormesteren lo højt og klappede i hænderne.

'Glimrende. Bring ham hid. Lad os se på ham!'

Hans interesse blev kortvarigt vækket, men Alin vidste, at det ikke ville vare ved.

'Det er så ikke ham. Det er hans viv. Hun skal nok bringe Istvan til os.' fortsatte Alin hurtigt, desperat efter at redde situationen.

Han kunne mærke, at hans lille succes allerede var ved at smuldre.

'Hans viv?'

Stormesteren rullede øjnene og slog hånligt ud med armene.

'Er det en vittighed? Hvad skal vi med endnu en skøge?' Alin lukkede øjnene et øjeblik og trak vejret dybt. Hans fars strategi, hvis man overhovedet kunne kalde det det, var simpel og brutal. I Stormesterens verden åd katten musen uden forspil eller finesse. Men Alin vidste bedre. Istvan var ikke som andre vampyrer. Han var klogere, farligere og langt mere strategisk. Hvis de skulle fange ham, ville det kræve list – ikke blot rå magt. Men at overbevise hans far om det ville blive den virkelige kamp.

'Tro mig, Stormester! Istvan kommer efter hende. Han kan slet ikke lade være.' forsikrede Alin.

Han kunne mærke, at hans audiens med faderen var ved at nå sin afslutning, og han kæmpede for at få det sidste ord ind. Stormesteren lod sine øjne glide ned til det stykke kød, han netop havde bidt i.

211

"Denne samtale keder mig, Alin. Du har to døgn til at bringe mig Istvan.' sagde han og vendte sin opmærksomhed tilbage til måltidet.

Han løftede det ene øjenbryn med en tilfreds konstatering.

'Unge drenge smager trods alt bedre end unge piger.' bemærkede han til et familiemedlem, der umiddelbart gav ham ret.

Alin rejste sig med besvær, støttet af sin ene fod, og humpede mod døren. Den tunge trækonstruktion var svær at åbne, især med hans manglende balance, men han tvang sig selv igennem uden at vise mere svaghed.

'Og Alin, få nu ordnet det ben. Det er uappetitligt at se på.' kaldte Stormesteren efter ham, mens latteren fra familien fulgte ham ud af spisesalen.

På den anden side af døren stod Florentin og ventede. Han hjalp straks Alin med at lukke døren og tog fat under hans arm for at støtte ham.

'Var han imponeret over vores fangst?' spurgte Florentin.

Alins ansigt var ikke til at tage fejl af.

'Ikke synderligt, men jeg købte os to døgn mere. Så må vi håbe, at Istvan er lige så barmhjertig, som vi satser på.' svarede Alin og lod sig føre ind i et af sovekamrene.

Florentin skulle til at sige noget, men blev afbrudt af en summen fra Alins bukselomme. Alin trak sin telefon op og stirrede på nummeret. Det var ukendt. Han tog opkaldet med en træt bevægelse og lagde telefonen til øret.

'Alin? Det er Catalina. Jeg skal tale med dig.' lød det kort og præcist fra den velkendte stemme.

Alin stivnede.

'Jeg troede, at du var død, kære Catalina. Mit øjenvidne så dig blive knust af Istvan.' svarede han køligt.

At Catalina stadig var i live, passede ham særdeles dårligt.

'Jeg troede, at du manglede benene og derfor ikke kunne komme hjem så hurtigt.' kom det syrligt tilbage.

'Du ville tale?' snerrede Alin, utålmodig efter at afslutte samtalen, så han kunne få sit ben ordnet.

'Istvan vil gerne bytte kroppe.' sagde Catalina.

Hendes stemme var skarp, men der var en svaghed, der fik Alin til at spekulere. Var hun fanget? Tvunget til at tale?

'Bytte kroppe? Hvad skulle jeg med din krop, kære Catalina?' gryntede Alin med et skævt smil.

'Han vil bytte sig selv lige over for den dødelige.' forklarede Catalina, hendes tone stadig hård, men uden overbevisning.

Alin overvejede det.

'Det lyder interessant. Hvor er han? Jeg kan komme med hende i morgen nat.' prøvede han forsigtigt.

'Så dum er jeg heller ikke, Alin. Du dukker op alene med Hanne under hvælvingerne til kirken. Her venter Jakob og jeg.' knurrede Istvan pludselig.

Han havde overtaget telefonen fra Catalina.

'Det lyder hyggeligt. Skal jeg have noget med? Champagne? Kaviar?' svarede Alin med en blanding af humor og spydighed.

'Bare Hanne og ingen andre. Hvis der dukker andre op, er handlen aflyst, og vi ser aldrig hinanden igen, Alin.' sagde Istvan tørt.

Hans tone efterlod ingen tvivl om alvoren.

Ville jeg nogensinde bryde mit ord over for min familie, Istvan?' drillede Alin.

Istvan ignorerede ham.

'Apropos! Inden jeg slår Catalina ihjel, gider du fortælle hende, hvem der slog hendes far ihjel? Hun tror mærkeligt nok, at jeg havde noget med det at gøre. Hvor mon hun har det fra?" knurrede han.

'Nååå, det! Kald det motivation. Jeg måtte jo sikre mig, at hun ville hjælpe mig. Også selvom hun ikke var til nogen hjælp alligevel.' grinede Alin, og for et kort øjeblik glemte han alt om sit manglende underben.

'Tak. Jeg skulle bare høre det fra dig.' svarede Istvan køligt.

'Det spiller vel ingen rolle nu. Min far kunne ikke have Arcos rendende rundt i gaderne. Han nægtede at godkende min far som stormester.' sagde Alin nonchalant.

'Hvad tid?' knurrede Istvan, som ikke ønskede at diskutere yderligere.

'Lad os være romantiske og sige midnat?' foreslog Alin med et smil og lukkede samtalen.

Han lænede sig tilbage i stolen og følte en sjælden tilfredshed.

'Min far kan tro, hvad han vil.' mumlede Alin for sig selv.

'Men jeg er et geni. Intet mindre.'

Kapitel 19

'Var det så det?' spurgte Catalina, mens Tøger parkerede bilen i en lille gård.

Istvan havde tidligere udpeget et gammelt loft som et midlertidigt skjulested indtil natten, hvor byttehandlen med Alin skulle finde sted.

'Det ved jeg ikke. Var det?' svarede Istvan og tog en slurk fra bloddunken, der nu var tæt på tom.

'Jeg vil hellere slå Alin ihjel end dig lige nu. Også selvom du lod mig hænge med en saks om halsen i flere dage.' sagde Catalina ærligt.

Hendes stemme var rolig, men med en understrøm af vrede, der aldrig forsvandt helt.

'Du ved godt, at jeg ikke kan lade dig slå Alin ihjel. Hvis Alin dør, vil hele Stormesterens familie være på gaden. Mine venner ville være så godt som døde uanset hvad.'

'Venner!' fnøs Catalina hånligt.

'Venner er en luksus, som vampyrer ikke kan tillade sig at have. Slet ikke nu, hvor den nuværende Stormester er en satan, der vil gøre hvad som helst.'

'Jeg forlanger ikke, at du forstår mine intentioner. Men forstå mig, når jeg siger, at jeg ikke kan tillade, at du slår Alin ihjel.' sagde Istvan med en fast tone.

Han lagde hovedet på skrå, og en knæklyd brød stilheden, da hans stive led gav efter. Det havde været mange timer i varevognen, og udmattelsen var tydelig for dem alle, især for de dødelige, der næsten ikke havde ytret et ord siden de forlod Tyskland.

'Hvad er så planen?' spurgte Catalina med en tydelig modvilje. Hun nægtede åbenbart at slippe idéen om at lade Alin betale for løgnen, der havde sat hende i saksen.

'Vi går efter Stormesteren.' svarede Istvan kontant.

'Stormesteren? Har du mistet forstanden? Hvordan tror du, at du kan slippe af sted med det? Kender du ikke familien? Alin er den mest normale, og det siger ikke så lidt!' svarede Catalina spidst.

Hun var målløs over hans dristighed.

'Hvem af os to er sluppet af sted med at slå fremtrædende vampyrer ihjel? Har Stormesterens familie reageret? Har de overhovedet gjort noget for at fange dig?' svarede Istvan med en række spørgsmål, der ikke var til at ignorere.

Catalina tøvede et øjeblik.

'Så vi går efter Stormesteren først?' konkluderede hun til sidst.

'Vi? Jeg var ikke klar over, at der var noget, der hed vi?' svarede Istvan med et skævt smil og steg ud af varevognen.

'Og når han er død, så er Alin min? Det kunne være mit tilbud til dig, Istvan.' fortsatte Catalina med en udfordrende tone.

Istvan lukkede den ene af bagdørene på vognen med en rungende lyd. Han pegede mod bagtrappen, der førte op til loftet, hvor de dødelige skulle skjule sig indtil videre. Det var et midlertidigt sikkert sted, men kun indtil byttehandlen. Derefter ville ingen steder i Bukarest være sikre for hverken dødelige eller vampyrer.

'Tilbud? Fra hvor jeg står, er du ikke i en position, hvor du kan stille krav eller lave tilbud.' svarede Istvan.

Han trådte væk fra vognen og blev stående, hans blik fastlåst på Catalina, som stadig sad i bilen. Luften mellem dem var tæt, fyldt med ulmende spænding, og natten omkring dem føltes pludselig mørkere end før.

'Istvan. Jeg slår ikke Alin ihjel. Jeg sværger på min fars ære og navn.' kom det fra varevognen.

Istvan stod et øjeblik i stilhed og afventede mere fra Catalina, der havde afgivet sin ed. Han overvejede hendes ord, før han langsomt kravlede ind i varevognen og fjernede hækkesaksen. Det skarpe klik fra fjederen, da saksen smækkede sammen, gav et svagt ekko i den kolde nat. Han smed saksen i bunden af vognen og begyndte at løsne knuderne, der havde holdt Catalina fanget.

Sekunder senere trådte hun ud og trak vejret dybt, selvom luften var skarp og ubarmhjertig. Sneen lå som et tyndt hårdt lag over gården, frosthårdt og glitrende i månelyset. De bevægede sig op på loftet, som Istvan tidligere havde udpeget. Da de trådte ind, var Jakob noget overrasket over at se Catalina uden reb eller hækkesaks.

'Hvad laver hun her? Er det klogt, Istvan?' spurgte Jakob med munden fuld af kartoffelchips.

Rundt omkring på det bare gulv lå rester af deres nødrationer, kold kaffe, chips og chokolade, spredt mellem dem som et improviseret festmåltid. Tøger sad på gulvet og tog dybe sug af sin cigaret, der tydeligvis indeholdt mere end almindelig tobak. Han lukkede øjnene og lod en tilfreds lyd slippe ud, hver gang røgen fyldte hans lunger.

'Bare rolig, pretty boy. Jeg skal nok lade være med at bide i dig.' sagde Catalina køligt.

Hun lod blikket falde på den næsten tomme bloddunk, som Istvan tog endnu en slurk af. Jakob ignorerede hendes ord og vendte sig mod Istvan.

'Men hvad gør vi nu? Er der en plan, eller hvordan?'

Catalina satte sig på gulvet og begyndte at trække sit arsenal af knive frem fra sin hættetrøje. Jakob stoppede med at tale og stirrede fascineret på de skarpe våben, der blev lagt frem i en lind strøm.

'Du glemte dem her fra tidligere.' kom det fra Istvan. Han kastede to knive foran hende, der borede sig ned i gulvet med et skarpt klik. Han fortsatte derefter med at pakke sin taske ud.

'Hallo! Er der nogen, der gider svare mig?' spurgte Jakob indtrængende.

'Der er ikke nogen plan, Jakob. Vi aner ikke, om Hanne er i live. Hvis hun er i live, tager vi det ét skridt ad gangen.' svarede Istvan uden at vende sig om.

Hans stemme var tørt konstaterende. Jakob så forarget ud.

'Er det en joke? Vi kører hele vejen til Bukarest for Hanne, og nu siger du, at du ikke engang ved, om hun er i live? Du har ingen plan, men du vil gerne bytte din egen sikkerhed for hende?'

'Det er ingen vittighed. Vi må tage det ét skridt ad gangen.' gentog Istvan.

Jakob tøvede, før han sagde:

'Er jeg stadig din mester? Hvad skjuler du for mig, Istvan?'

Istvan vendte sig halvt om og mødte Jakobs blik.

'Du er stadig min mester. Jeg skjuler intet for dig.' svarede han, hans tone uændret.

'Hvis han siger, at han ikke skjuler noget, så gør han ikke det, brormand.' kom det fra Tøger, hvis stemme var sløv og tilsløret af rusen.

Jakob stirrede på ham.

'Luk røven, Tøger.'

Catalina, der stadig sorterede sine knive, løftede hovedet. 'Hvorfor skulle hun ikke være i live? Hun ville ikke være noget værd for Alin, hvis hun var død.' sagde hun og ignorerede Jakobs anspændte attitude.

Hun var, ligesom de andre, træt, sulten og længtes efter et ordentligt hvil. Istvan nikkede langsomt.

'Få fat i Alin igen. Jakob har en pointe. Hvis Hanne er død, bevæger vi os måske direkte ind i et baghold.' sagde han og stirrede ud af vinduet på sneen, der faldt tungt over Bukarests tagrygge.

Catalina trak sin telefon frem og tastede hurtigt. Kort efter lød Alins stemme i røret.

'Hvad nu? Fortrød du champagnen og kaviaren.' spurgte han med sin kvalmende arrogance.

'Vi vil vide, om Hanne er i live. Du nævnte intet om hende tidligere.' svarede Catalina med rolig beslutsomhed.

'Hun er sammen med Florentin. Hun trækker vejret og fejler ingenting.' svarede Alin med en svag stønnen, som om spørgsmålet havde fornærmet ham.

221

'Jeg vil have beviser. Hver tredje time indtil midnat i morgen.' sagde Catalina.

Hun afsluttede opkaldet uden at vente på svar. Sekunder senere vibrerede telefonen med en besked. Et videoklip viste Hanne, der sad henslængt over en stol. Hun trak tydeligt vejret, selvom hendes hår var klistret til hendes ansigt af sved og snavs.

'Jeg hedder Hanne Hansen, og jeg er ok. Jeg elsker dig, Jakob.' sagde hun svagt.

Klippet sluttede brat. Jakob tog en dyb indånding, og hans øjne fyldtes med tårer, der løb frit ned ad hans kinder.

'Jeg elsker også dig, Hanne. Vi befrier dig i morgen.' sagde han med en stemme, der dirrede af følelser.

Istvan betragtede ham kort, før han vendte blikket tilbage mod natten udenfor. Sneen fortsatte med at falde. Der ventede en lang nat og en endnu længere dag.

Kapitel 20

Jakob og Istvan spadserede stille gennem de snedækkede gader, hvor stilheden kun blev brudt af den knirkende lyd af deres skridt i sneen. En enkelt bil gled langsomt forbi, dens motor en lav brummen, før den forsvandt ud af syne. Gaderne var ellers øde, indhyllet i en dyb kulde, der fik selv Bukarests hårdføre indbyggere til at blive inden døre.

'Er du sikker på, at det er en god idé?' spurgte Jakob og pustede små skyer af damp ud i den frostklare luft.

Han havde først fået kendskab til planen få minutter før, de forlod loftet. Istvan havde vurderet, at risikoen ved at holde planen skjult ikke længere var større end risikoen ved at dele den.

'Jeg kan ikke se noget alternativ, Mester.' svarede Istvan med en ydmyghed, der var usædvanlig for ham.

Vampyrens stemme var rolig, men bestemt. Han vidste, at dette kunne blive hans sidste nat sammen med Jakob. Beslutningen om at trække de dødelige med til Rumænien og udfordre Stormesteren havde aldrig været deres. Jakob og Hanne var blevet brikker i et spil, de ikke havde meldt sig til, og Istvan var smerteligt bevidst om, hvad det kunne koste dem. Men det var nødvendigt. Stormesteren havde regeret for længe, og hans tid var endelig kommet.

De nåede et kryds, hvor trafiklysene blinkede dovent i nattemørket. Istvan stoppede ved en bil, hvis overflade var dækket af sne. Med en hurtig bevægelse skrabede han sneen væk fra forruden og fandt nøglerne frem fra sin lomme. Han rakte dem til Jakob, som så forvirret på ham.

'Tag dem.'

Istvan rakte ceremonielt hånden frem. Jakob tøvede, før han tog imod nøglerne og stirrede på vampyren, der overraskende bukkede for ham. Istvans adfærd virkede pludselig formel, næsten teatralsk, hvilket fik Jakob til at reagere på den eneste måde, han kendte: Han greb Istvan i et bamsekram.

'Så siger vi det, Mester.' mumlede Istvan, tydeligt utilpas med den fysiske gestus.

Da Jakob endelig slap ham, rettede vampyren hurtigt på sit tøj og det mørke tørklæde om sin hals. Et enkelt klokkeslag fra kirken et par gader væk skar gennem stilheden og rev dem begge ud af den akavede stemning.

'Er det tid?' spurgte Jakob og kastede et blik på sin telefon.

Klokken var kvart i midnat. Istvan nikkede kort, og uden yderligere ord satte de kurs mod kirken. De gik i et rask tempo, deres fodtrin efterlod tydelige spor i den tykke sne.

De vidste, at de om få minutter ville stå ved hvælvingerne, hvor byttehandlen skulle finde sted. Da de nåede kirken, var stedet tomt. De smukke hvælvinger kastede lange skygger i månelyset, men der var hverken tegn på Alins eller Hannes tilstedeværelse. Jakob trak sin telefon frem og tjekkede klokken; den var to minutter i tolv.

'Hvor er de henne? Den er to i tolv.' konstaterede han, hans stemme fyldt med en blanding af utålmodighed og frygt.

Han begyndte at hoppe lidt på stedet for at holde varmen, men den voksende angst i maven gjorde kulden endnu mere påtrængende.

'De skal nok komme.' svarede Istvan roligt, men han spejdede stadig rundt med vagtsomme øjne. I byen kunne han ikke bruge sine instinkter og sanser på samme måde som i sommerhuset. Lydene fra de mange bygninger, biler og spredte fodtrin forstyrrede hans evne til at fokusere.

'Hvad nu hvis det er en fælde?' spurgte Jakob og så sig over skulderen, som om han forventede, at nogen skulle springe ud af skyggerne.

'Det er det ikke. Vi kender bare vigtigheden af at være punktlig.' lød en stemme bagfra.

Jakob drejede sig rundt og så Alin stå nogle meter væk, hans skikkelse tydelig mod den hvide sne.

Alin smilede skævt og støttede sig til en krykke.

'Er du klar, Istvan? Lad os få det overstået.' sagde han med en stemme, der var rolig, men fyldt med underliggende spænding.

Jakob kiggede febrilsk rundt, men Hanne var stadig ikke at se nogen steder.

'Hvor er hun?' råbte han, men Alin ignorerede spørgsmålet og fortsatte med langsomme skridt hen mod hvælvingen.

Byttehandlen var begyndt. Jakob og Istvan stod et øjeblik i stilhed foran Alin, der havde placeret sig strategisk under en af kirkens hvælvinger. Sneen faldt stadig tungt, og stilheden omkring dem gjorde scenen næsten surrealistisk.

'Så ses vi igen, kære fætter.' sagde Istvan, mens hans blik faldt på Alins fod, som var tydeligt og klodset bundet ind under en tung støvle, der bulede unaturligt ud.

'Fornøjelsen er på min side. Velkommen hjem, kære fætter.' svarede Alin med et koldt smil.

'Skal vi droppe kindkyssene og komme til sagen? Hvor er Hanne?' spurgte Jakob utålmodigt, hans stemme skarp som en kniv.

Han havde fået nok af vampyrernes teatralske spil og ønskede bare at få Hanne tilbage. Alin fnøs og knurrede:

'Han er en hidsigprop... din Mester.'

'Hvor er Hanne?' spurgte Istvan, hans tålmodighed tyndslidt.

Alin trak på skuldrene med en tilsyneladende ligegyldighed.

'Hun sidder bag en hvælving på den anden side af kirken.' svarede han med en arrogant tone, der kunne have gjort Stormesteren stolt. Jakob tøvede ikke. Han satte straks i løb rundt om kirken, mens sneen knirkede højt under hans fødder. Sneen var dyb på bagsiden af kirken, hvor ingen havde ryddet stierne, og han faldt flere gange i de uventet store driver.

'Hanne! Hanne!' råbte han, mens han kæmpede sig frem gennem den tykke sne.

Hans stemme rungede i mørket, men der kom intet svar. Panikken voksede i hans bryst, da han nåede det modsatte hjørne af kirken og skimtede en skygge, der sad op ad en hvælving. Han kravlede over en stor snedrive og nåede frem til skyggen, der netop viste sig at være Hanne. Hendes hoved hang slapt, og hans blod frøs til is ved synet.

'Hanne! Hanne!' klagede han desperat og greb ud efter hende. Hun bevægede sig svagt og løftede hovedet en smule.

'Er det dig, Jakob?' spurgte hun med en svag, næsten hviskende stemme.

'Ja, det er mig!' jublede Jakob, da han genkendte hendes stemme.

Han hjalp hende op, men hendes ben vaklede under hende.

'Jeg ville gerne kramme dig og fortælle dig, at jeg elsker dig, men vi har travlt. Vi skal væk herfra.' fortsatte Jakob og forsøgte at holde hende oprejst.

'Det er ok, skat. Jeg er bare træt og sulten.' mumlede Hanne med en stemme, der lød mere, som hun plejede. Jakob samlede hende op og begyndte at bære hende gennem sneen, men han faldt selv i en dyb drive. Han kæmpede sig op og hjalp Hanne igennem de sidste forhindringer, indtil de nåede vejen, hvor sneen trods alt var blevet ryddet. De gik hurtigt mod bilen, hvor Jakob hjalp Hanne ind på bagsædet. Hendes ben var kolde gennem bukserne, og hun rystede svagt. Jakob satte sig bag rattet og drejede nøglen i tændingen. Motoren hostede et par gange, før den startede ved tredje forsøg. Han manøvrerede bilen forsigtigt gennem de sneklædte gader, hans blik konstant på spejlene for at sikre, at de ikke blev forfulgt. Bygningerne og gaderne virkede mindre dystre nu, næsten håbefulde. For første gang troede han virkelig på, at Istvans plan måske kunne lykkes.

Da de nåede den lille baggård, parkerede Jakob ved siden af Tøgers varevogn. Han hjalp Hanne ud af bilen og støttede hende hele vejen op ad trapperne. Det tog dem et par minutter at nå loftet, hvor Jakob bankede på døren. 'Hvem er det?' lød Tøgers stemme, tung og træt, fra den anden side. 'Det er sgu da mig!' svarede Jakob irriteret. Han holdt Hanne oprejst, mens døren gik op, og de blev lukket indenfor. Inde på loftet hjalp Jakob sin kæreste over til et hjørne, hvor han satte hende forsigtigt ned. Hun mumlede svagt for sig selv, hendes øjne halvåbne, som om hun var et sted mellem søvn og bevidstløshed. Jakob satte sig ved siden af hende, hans hånd hvilende beskyttende på hendes kolde skulder.

'Vi har hende nu. Hun er i live.' sagde Jakob stille til sig selv, som om han forsøgte at overbevise sig selv om, at det værste var overstået. Men han vidste, at natten kun lige var begyndt.

'Vi skal have noget mad og drikke i hende. Hvor er Catalina henne?' spurgte Jakob, mens han så sig om i rummet.

'Hun gik sammen med jer. Eller hun gik lige efter og sagde, at det var en del af Istvans plan.' svarede Tøger, der igen lød lidt forvirret.

'Det er da løgn. Vi så intet til hende ved kirken. Hvad fanden gør vi?' spurgte Jakob, der ikke anede sit levende råd.

Var Catalina faldet Istvan i ryggen? Var hun alligevel gået efter Alins hoved på et fad?

'Vi pakker sammen og venter på Istvan som aftalt.' kom det fra vinduet, hvor Catalina sad og lyttede.

'Gud er det dig? Hvor lang tid har du siddet der?' spurgte Tøger.

'Længe nok til at vide, at det er tid til, at vi kommer ned til bilen.' svarede Vampiraen, før hun lod sig falde ned på gulvet fra vinduesrammen.

'Allerede? Det var ikke, hvad Istvan sagde.' sagde Jakob, der ikke brød sig om den pludselige ændring i planerne.

'Det er, hvad jeg siger, og du er ikke min mester!' knurrede Catalina.

Hendes øjne var grønne, og hun havde travlt.

'Jeg har allerede pakket det hele. Det står nede i opgangen.' sagde Tøger.

Han havde trods alt fulgt den del af planen, som han var en del af.

'Jeg går ikke uden Istvan.' sagde Jakob stædigt.

Han stod i midten af rummet, hvor han havde ledt efter mad og drikke til Hanne. Den mad og drikke, som Tøger minutter forinden havde stillet ned i opgangen. Catalina gik væk fra vinduet. Catalinas grønne øjne glødede som to farlige smaragder, og hendes tænder glimtede som et rovdyrs våben, parat til at bide. Jakob løftede endelig blikket fra gulvet og mødte hendes intense stirren. Idet hun åbnede munden for at udslynge en trussel, fangede en hurtig bevægelse bag hende hans opmærksomhed. Et kort øjeblik senere rullede Catalinas hoved af halsen og ned på gulvet, mens kroppen kollapsede som en marionet uden snore. Hovedet med de dødelige grønne øjne trillede hen og stoppede ved Tøgers fødder. Synet fik den gamle hippie til at udstøde en skingrende lyd, der kunne have været et skrig, hvis han ikke var så lammet af chok og rædsel. Jakob trådte et skridt tilbage fra Catalinas halshuggede krop. Ud af mørket fra hjørnet, hvor Catalina havde stået, trådte Hanne frem. Hun kiggede på Jakob med koralrøde øjne. Hun hvæsede forsigtigt og tog et skridt længere frem. Da hun nåede midten af rummet, var hendes hugtænder tydelige i det dårligt oplyste rum.

'Det er da bare løgn.' klynkede Tøger, der stod helt frosset af skræk og rædsel.

'Er det dig, Hanne?' spurgte Jakob, der ikke kunne tro, at hans ellers så ucharmerende kæreste ville ende sine dage som vampyr.

Han trådte et skridt frem mod sin ekskæreste, der kvitterede med et hårdt slag mod Jakobs brystkasse, hvilket sendte ham direkte mod døren til gangen. Han røg igennem døren, der splintrede ved modtagelsen af Jakobs krop. Tøger skreg højt, og denne gang var det et virkeligt skrig.

'Hanne! Det er jo mig! Det er Tøger!' prøvede Tøger, men hans bønfaldende ønske om nåde blev ikke hørt.

Hanne satte tænderne i hans hals med et hidsigt angreb. Hun var sulten og havde ventet længe nok. Nu var det tid til at drikke, spise og blive endnu stærkere. Blodet sprøjtede ud fra Tøgers hals, da hun lod sine negle gro til sylespidse klør.

'Nej! Stop!' gurglede Tøger, da blodet løb ud af munden på ham.

Hanne hamrede hånden igennem brystkassen på hippien. Hun trak hans hjerte ud med et enkelt ryk og førte det varme, dunkende og blodige hjerte til sin mund. Da hun havde taget den sidste mundfuld af Tøgers hjerte, vendte hun sig mod gangen. Hun havde forventet at finde Jakobs livløse krop, men han var forsvundet fra det kolde gulv. Hun tog tre hurtige skridt ud til trappegangen, hvor hun kunne dufte Jakobs friske blod.

Blodrusen farede igennem hendes krop, og hun tog dobbeltskridt ned ad trappen, mens hun fulgte sporene af Jakobs blod. Splinterne fra døren havde såret ham, og jagten blev endnu mere intens. Da Hanne nåede foden af trappen, pulserede hendes krop af spænding, adrenalinen drevet af jagten og den skarpe metalliske duft af blod, der skærpede hendes sanser. Hendes blik stoppede ved den nærmeste varevogn, placeret lige ved udgangen til trappen. Da hun nærmede sig, fangede hendes øjne et spor af blodige fingeraftryk på døren; de sad lavt, lige under håndtaget. Hendes læber formede et tilfreds smil, mens en bølge af blodrus skyllede gennem hende. Uden tøven rev hun dobbeltdørene op med en kraftfuld bevægelse. Inde i varevognen lå mørket tæt. Hun lænede sig længere ind, hendes øjne spærrede op i jagten på det bytte, hun var sikker på at finde derinde.

'Undskyld, skat.' lød en kølig stemme bag hende.

Hanne snurrede rundt, hendes krop på spring, men hun nåede kun at se Jakobs silhuet i sneen, før den glinsende hækkesaks klappede sammen om hendes hals. Den skarpe klinge skar gennem huden og musklerne uden modstand, og i et enkelt øjeblik stod hun stille, som om hendes krop nægtede at forstå, hvad der var sket. Så faldt hun sammen.

Hendes hoved rullede tungt ind i varevognen, og efterlod kroppen i en makaber livløs bunke på den frostklædte jord. Jakob lod hækkesaksen glide ud af sine hænder og lande med et tungt klonk mod den frosthårde jord. Uden et blik tilbage på Hannes livløse krop drejede han om på hælen. Han gik op ad trappen til gangen, hvor Tøger havde efterladt poserne klar til afhentning. Med rolige mekaniske bevægelser løftede han dem og bar dem ud til bilen. Et øjeblik efter lå poserne sikkert bag i bilen. Jakob satte sig ind bag rattet og drejede nøglen i tændingen. Til hans lettelse sprang motoren i gang med det samme. Uden hastværk bakkede han ud af gården og satte kurs mod Bukarests smalle gader. Bilen gled langsomt fremad, og dens dæks knirkende lyd mod sneen blandede sig med byens dæmpede nattelyde.

Kapitel 21

Jakob forsvandt rundt om hjørnet, og efterlod Alin og Istvan under den massive hvælving foran kirkens indgang. De to vampyrer cirklede om hinanden som rovdyr, der vurderede, hvornår det var tid til at slå til. Alin haltede svagt, men hans ansigt var anspændt i en maske af kontrol, for han nægtede at vise Istvan, hvor svækket han var. Det var en indsats, der ikke gjorde noget indtryk på Istvan, som med sit kølige blik allerede havde aflæst situationen.

'Har du været ude for en ulykke, kære fætter?' spurgte Istvan med en rolig, næsten hånlig tone.

'Intet alvorligt!' svarede Alin, mens et skævt smil spillede på hans læber.

'Bukarest er en generøs by. Her mangler aldrig frisk blod og villige kvindfolk.'

Hans stemme dryppede af kynisme.

'Kvindfolk?' gentog Istvan med en lav knurren, mens hans øjne blev mørkere.

'Eller er det snarere piger under din faders ledelse?'

Alin stoppede brat op og fnøs foragteligt.

'Piger?' gentog han, som om ordet var latterligt.

'Nej, Istvan, det er børn.'

Hans smil bredte sig iskoldt og kalkuleret.

'Du skulle prøve det. Så meget bedre end de fuldvoksne. Så friske. Så spændende. Og det er kun blodet.'

Han tog et skridt tættere på sin fætter, hans stemme nu lav og næsten hviskende.

'Bare vent, til du hører om det seksuelle …'

Istvans kæber spændtes, og hans blik lynede. Han vidste, hvad Alin var i færd med. Det var et forsøg på at provokere, på at pirke til den svaghed, som Alin mente, han bar på; en rest af menneskelighed. Alin bemærkede det straks.

'Åh, Istvan.' fortsatte han, nu med et skær af triumf i stemmen.

'Du er en svækling. Det har du altid været. Den der patetiske medfølelse, det er den, der har gjort dig til jaget vildt her i Bukarest.'

Han lænede sig frem, hviskede næsten.

'Og jeg vil nyde at se, hvordan den svaghed bliver din undergang.'

'Har du ingen ære? Har du ingen grænser?' afbrød Istvan skarpt, hans stemme rungende under hvælvingen.

'Ære? Hvem tror du, du er?' snerrede Alin, hans øjne brændende af vrede.

'Du kommer til blodets by og vover at tale om ære, strigoi?'

Ordet blev spyttet ud som en forbandelse. Alin måtte tvinge sig selv til ikke straks at udfordre sin fætter til en duel, selvom hans instinkter skreg efter blod.

'Din familie har besudlet os, Alin. Jeg skammer mig over at bære samme blod som jer.' knurrede Istvan, hans kløer skjult men spændte, mens han kæmpede for at holde sin vrede i skak.

'Du er udstødt, Istvan. Du har ingen familie.' rasede Alin tilbage, hans stemme fyldt med gift.

'Du er en herreløs hund, der gnubber dig op ad dødelige, mens du tigger om den næste lille godbid!'

Istvans øjne blev smalle.

'Spiser du mennesker, Alin? Forgifter du din krop med kød fra dødelige?' spurgte han roligt, mens hans sylespidse negle skar langs søjlens sten, der gav efter med en skurrende lyd.

'Hvorfor skulle jeg dog det? Hvad regner du mig for?' svarede Alin med et blink og et næsten teatralsk skuldertræk.

'Catalina har været en guldgrube af information, min kære fætter.' sagde Istvan, hans tone slet skjult provokerende, mens han stadig ventede på tegn fra Jakob og Hanne.

Alin grinede koldt.

'Catalina? Jeg formoder, at du slog hende ihjel, da du ikke længere havde behov for hende i dit lille spil.'

Han gjorde en gestus, som om Catalinas død var en banal detalje.

'Hun havde ellers ikke meget til overs for dig. Slet ikke til sidst.' svarede Istvan.

Alin standsede og smilede overlegent.

'Det kan jeg tænke mig. Hvorfor spilder du tiden, Istvan? Vi ved begge, hvad du venter på.'

Han tog et skridt frem.

'Men du kender ikke til min lille overraskelse, vel?' fortsatte Alin.

Hans tone dryppede af triumf. Istvan ignorerede provokationen og holdt blikket stift på Alin.

'Har din fader virkelig så travlt med at slå mig ihjel? Eller skal han først mæske sig med et par børn?' knurrede han, men usikkerheden nagede ham.

Alins ro var foruroligende, en sjældenhed i hans ellers dumdristige natur.

'Hvad min fader gør, bør ikke bekymre dig.' svarede Alin køligt.

'Så din familie spiser børn? Gør det dig stolt? Eller sulten?' pressede Istvan, hans blik flakkede kort ud mod vejen.

Intet tegn på Jakob og Hanne endnu. Alin lo hånligt.

'Du er et fjols, hvis du tror, jeg og min fader er af samme støbning. Han er en barnemorder, men jeg er ... mig.'

'Det tror jeg heller ikke.' svarede Istvan, mens et svagt smil krusede hans læber.

'Din far er hverken en kujon eller dumdristig.'

I samme sekund fangede han i øjenkrogen Jakob, der slæbte Hanne gennem mørket. Tiden var kommet.

'En kujon?'

Alin fnøs og slog en hånlig latter op.

'Du forrådte dine egne. Du blev blød, Istvan. Det er dig, der er en skændsel for vores blod.'

Istvan trådte frem, hans kløer spidse og knyttede.

'Så lad os afslutte det her.'

Alin svarede ikke, men hans smil blev bredere. Han havde ventet på øjeblikket.

'Grin bare, min kære fætter. Tag din telefon og kontakt din fader. Jeg vil møde ham her. Alene. Ansigt til ansigt.' sagde Istvan med en ro, der skar gennem natteluften.

Alins ansigt ændrede sig fra et triumferende grin til en forvirret mine.

'Han skal ingen steder. Du kommer til ham – og jeg er den, der bringer dig.' svarede han, stemmen stram af vrede og usikkerhed.

239

'Det tror jeg ikke.' lød en kvindestemme.

Catalina trådte frem fra skyggerne, langsomt glidende ned fra en af de søjler, der støttede hvælvingen. Hendes bevægelse var så elegant og kontrolleret, at Alin blev stående som frosset. Ord, der ellers aldrig svigtede ham, syntes pludselig ude af rækkevidde.

'Skal vi ikke teste din faders medmenneskelighed?' spurgte Istvan køligt.

Catalina havde nu placeret sig bag Alin, der stadig stod urørlig, som om hendes tilstedeværelse havde lammet ham.

'Min fader har ingen sympati for mig,' prøvede Alin til sidst.

Hans stemme bar spor af desperation.

'Han vil nægte dig audiens. Du ser ham aldrig på denne måde.'

Han vidste, at hans tid var ude. Hans fader ville aldrig tilgive en dumhed af denne størrelse, og han ville aldrig komme for at redde sin søn.

'Måske kan jeg motivere ham lidt.' sagde Catalina.

Hun tog sin mobil frem, og lyden af en optagelse fyldte det ellers stille rum. Gennem højtaleren kunne Alins stemme tydeligt høres, idet han erklærede sin far for en barnemorder.

'Mon ikke klanerne mod vest ville sætte pris på dette?' sagde Istvan med en rolig stemme. 'Et perfekt påskud til at ramme vores land. Din klan. Den ældste i verden! De røde øjne fra Bukarest!'

Istvan lænede sig afslappet op ad søjlen, hans kropssprog signalerede én ting: Alin havde tabt. Alin rakte tøvende ud efter sin telefon og ringede. Et par gange spurgte han efter sin fader, indtil han pludselig blev stille, og det var tydeligt, at forbindelsen var blevet oprettet. Han mumlede ord, som kun Catalina og Istvan kunne høre brudstykker af. Catalina skubbede ham frem mod Istvan, så den store vampyr ikke gik glip af samtalen. Alin tøvede, men sagde endelig:

'Ved den store kirke. Han vil møde dig ansigt til ansigt.'

Hans ansigt fortrak sig flere gange, mens stemmen i den anden ende af forbindelsen fortsatte. Istvans tålmodighed slap op. Han greb telefonen ud af Alins hånd og satte den for øret.

'Jeg venter på kirketaget.' sagde Istvan med isnende ro. 'Du har ti minutter. Din søn vil dø, og verden vil lære sandheden om din kannibalisme.'

Han lod telefonen falde til jorden og knuste den med sin støvle.

'Vi skal opad, kære fætter,' sagde Istvan og pegede mod hvælvingen.

241

Med et fast greb i Alins nakke slæbte han ham mod den åbne dør til kirken. Han stoppede kort i døråbningen og vendte sig mod Catalina.

'Vi ses!' sagde han kort, før han lukkede døren bag sig med en kliklyd, der rungede i stilheden.

Catalina blev stående et øjeblik, et skævt smil gled over hendes læber.

'Gør vi?' mumlede hun for sig selv.

Kun den lukkede dør hørte hendes ord, for Istvan og Alin var allerede væk. Uden at tøve vendte hun sig og gled lydløst gennem sneen, på vej tilbage til loftet, hvor de dødelige ventede.

Kapitel 22

Istvan og Alin bevægede sig op ad den lange vindeltrappe, der snoede sig som en kold stenet slange mod kirkens tårn. Trappen var stejl, mørk og snæver, men den bød ingen modstand for Istvan. Med et fast greb om Alins nakke førte han sin fætter opad, ubesværet og med en kølig præcision, der fik hvert skridt til at virke som en domfældelse. Alin haltede, hans ben var tydeligvis beskadiget, men Istvans greb gav ham intet valg – han måtte følge med. Efter minutter i tavshed nåede de toppen. En massiv lem af gammelt solidt træ spærrede vejen.

Istvan tog fat og slog lemmen op i ét kraftfuldt hug.
Vinterkulden væltede ned over dem, rå og ubarmhjertig,
som en bølge af is. Kulden på toppen var langt værre end
den ved jordhøjde, og en skarp vind legede hen over tagene,
som om den havde til hensigt at fryse alt, hvad den rørte
ved. Istvan skubbede Alin op gennem lemmen og ud på
kirketårnets flade tag. Han fulgte hurtigt selv efter og rejste
sig rank i nattens mørke, mens Alin blev liggende. Istvan
betragtede byen fra højden – Bukarest, der lå som et tæppe
af lys og skygger, hvor snefnuggene langsomt dalede ned
over gader og tage. Tankerne kredsede om byen, om klanen
og om Stormesteren, der havde vendt ære til rædsel.

Barnemord og tyranni havde overtaget den respekt, klanen
engang nød, og Istvan vidste, at tiden var inde til
forandring.

'Hahaha! Du er en tåbe, Istvan,' grinede Alin, hans
stemme skingrende og fyldt med hån.

Han lå stadig fladt på taget, sneen begyndte allerede at
dække hans krop, mens mørkerødt blod sivede fra hans ben.
Trappens anstrengelser havde brudt benet op igen, og den
brune væske sivede ud, mens pletterne voksede på hans
bukser.

'Du har mere mod i hjertet end forstand i hovedet.' sagde
Istvan henkastet uden at vende sig.

Han stod ubevægelig, uanfægtet af Alins latter, selvom den skar som en kniv mod nattens stilhed.

'Alin!' fortsatte han roligt.

'Din tid kommer snart.'

Alin lo igen, hans grin skærende og unaturligt.

'Din Mester har lige slæbt af sted med en af mine slaver. Jeg tænkte, du nok kun var interesseret i hendes krop, så jeg tillod mig at vende hende – bare for en sikkerheds skyld.'

Istvan lukkede øjnene. En bølge af vrede og frustration skyllede over ham, men han lod det ikke vise sig. Mavefornemmelsen havde været rigtig. Alin havde spillet sin trumf. Istvan åbnede øjnene igen og trak vejret dybt. Han kunne ikke lade Alin få det sidste ord, men han måtte stole på, at Catalina, snu som hun var, kunne afværge Alins plan og nå tilbage i tide.

'Grin bare, Alin. Din tid er næsten forbi.' snerrede Istvan, mens han langsomt vendte sig.

Han tog et skridt mod sin fætter, målte afstanden og hævede sin fod. Med præcision hamrede han sin hæl ned mod Alins skinneben. En knasende lyd lød, og benet knækkede i to. Alin skreg, mens smerten eksploderede i hans krop. Istvan stod over ham, køligt betragtende blodet, der nu strømmede fra det knækkede ben – blod, der med sikkerhed ikke var Alins eget.

Et vidnesbyrd om ofrene, unge og uskyldige, som han havde taget. Istvan bøjede sig ned, samlede Alins underben op og drejede om sig selv, før han kastede det afrevne ben ud i natten. Det sejlede gennem luften og forsvandt over kirkegården, der bredte sig under dem som en frossen skov af gravsten.

'Så er du lidt lettere til fods, kære fætter.' sagde Istvan med et skævt smil, mens han vendte sig mod byen igen.

Sneen dalede fortsat ned, og i horisonten kunne han ane begyndelsen på en blodig slutning. Istvan greb fat i Alin og slæbte sin fætters livløse krop hen mod kanten af tårnets tag. Den kolde vind slog hårdt mod hans ansigt, og det føltes, som om temperaturen faldt yderligere med hvert skridt. Istvan kneb øjnene sammen mod vinden og trak sit vejrbidte ansigt i en hård grimasse, mens han gjorde sig klar til at sende Alins krop ud over kanten og ned i en uundgåelig død.

'Det er ikke din fætter, som du har et problem med! Det er mig!' kaldte en stemme fra den modsatte side af tårnet.

Istvan stivnede og vendte sig langsomt om. Stormesteren var trådt op fra trappens sidste trin. Han hvilede et kort øjeblik på det ene knæ, før han rejste sig op til sin fulde højde og stirrede Istvan direkte i øjnene. Hans blik var som stål, uanfægtet af vind eller kulde.

'Alin betaler for sine synder – og du vil betale for dine, onkel.' svarede Istvan koldt.

Han slap grebet om Alin, der blev liggende på kanten, kun få centimeter fra afgrunden. Et enkelt spark kunne sende ham ned, men Istvan lod ham blive for nu.

'Synder?'

Stormesteren hævede et øjenbryn og trådte frem.

'Hvem er du, Istvan? Hvordan vover du at stille dig til doms over vampyrer i blodets by? Er du blevet Stormester?'

Hans stemme var rolig, næsten drilsk, men hans kropsholdning udstrålede total kontrol. Istvan knurrede lavt.

'Stormester? Aldrig! Jeg søger kun den retfærdighed, som du har frarøvet mig og Bukarest i alle de år, du har hersket.'

Hans øjne glødede rødt, og hans hugtænder og negle var allerede klar til kamp. Stormesteren lo lavmælt.

'Du lever altså ikke i blodets nåde? Du hæver dig over de love, der holder os i live? De røde dråber, der binder os til livet, mens mennesket dør?' hviskede han, mens sneen fortsatte med at falde omkring dem.

Han stod roligt, hans hvide kåbe smeltede næsten sammen med den snedækkede nattehimmel. Kun hans sorte hår og fuldskæg skilte sig ud og gav ham en næsten skulpturel fremtoning.

Han var en kontrast til Istvan, der stod klædt i sort, et symbol på den mørke tid, han ønskede at bringe over sin onkel – en tid for retfærdighed.

'Jeg lever af menneskeblod, men jeg lever et liv i ære.' sagde Istvan fast.

'Jeg krænker ikke børnene. Jeg lever heller ikke af kødet fra deres kroppe.'

Stormesteren trådte nærmere, hans øjne glimtede farligt.

'Så du finder trøst i at lade børnene leve, kun for at berøve dem livet som voksne, når de er gamle nok til dit velbefindende?'

Han smilede skævt.

'Din retfærdighedsfølelse er måske en anelse tvetydig, unge Istvan.'

Hans stemme var fyldt med hån, og selvom snefnuggene faldt tungt mellem dem, var det, som om luften emmede af spænding. Det var et øjebliks stilhed før stormen – et hvil før den uundgåelige kamp, der ville afgøre liv og død.

'Er det måske bedre at berøve børn deres forældres kærlighed? At tage deres fremtidige liv fra dem?' snerrede Istvan, hans stemme skarp og fyldt med vrede.

'Det er mere ærligt, Istvan.' svarede Stormesteren køligt.

'Livet for de dødelige bør ikke være mere kompliceret end det. Alt andet er romantisk dagdrømmeri – en forlængelse af den smerte, det i forvejen er at være dødelig.'

'Du har slået alle ihjel! Fjender, venner, familie – dine egne!'

Istvan trådte frem, hans hænder knyttede.

'Hvornår stopper det, Stormester?'

Stormesteren smilede roligt, men hans øjne lynede.

'Når jeg trækker vejret for sidste gang, unge Istvan.'

'Det stopper nu!' skreg Istvan og sprang frem.

Han gik direkte til angreb med sine spidse negle rettet mod Stormesterens hals. Men Stormesteren trådte hurtigt til siden, hans bevægelser præcise som en dansers, og slog med en knyttet næve i ryggen på Istvan. Slaget ramte med en øredøvende kraft og sendte Istvan ned mod tårnets tag. Hans krop kolliderede hårdt med den solide konstruktion, og lyden af knækkende knogler genlød i mørket. Istvan gispede efter vejret; brystkassen føltes, som om den var ved at give efter. Han kæmpede for at holde sig ved bevidsthed, mens han forsøgte at trække dybe smertefulde indåndinger.

Stormesteren greb fat i nakken på ham og løftede ham op i strakt arm. Istvan rystede på hovedet og forsøgte at fokusere, men blodet fra hans mund dryppede på tårnets iskolde sten.

'Hvordan vover du at angribe mig? Jeg er Stormester, og du er ikke andet end en simpel bonde i mit spil!' brølede Stormesteren.

Han trak Istvan ned og lod sin næve hamre mod vampyrens kæbe. Lyden af tænder, der knustes som glas, blandede sig med Istvans smerteskrig. Stormesteren lod ham falde til jorden som en livløs dukke.

'Jeg er stormester! Jeg er Bukarests mørke! Jeg er Rumæniens redning!' råbte Stormesteren, mens han hævede ansigtet mod de snefyldte skyer.

Han satte sin støvle mod Istvans ansigt og trådte hårdt til. Lyden af kraniet, der blev knust, var den smukkeste lyd i verden. Stormesteren bukkede sig ned og samlede den livløse krop op. Istvans hoved hang slapt, næsten adskilt fra kroppen, mens blodet stadig dryppede fra hans flåede ansigt.

'Du er... ingenting!' skreg Stormesteren, og med kirurgisk præcision separerede han Istvans hoved fra kroppen.

Kroppen faldt sammen, som om den endelig havde opgivet kampen. Stormesteren løftede Istvans hoved op og tog en bid af øret. Blodet, langt fra så sødt som et barns, fyldte ham med en triumferende tilfredsstillelse. Han lod resterne falde og vendte sig mod Alin, der nu begyndte at vågne.

Han satte sig på hug ved siden af sin søn, som han havde hånet så mange gange før. Men denne gang havde Alin bragt sejr og ære – en succes for klanen. Han hjalp Alin op og støttede ham med en sjælden forsigtighed.

'Er han død?' spurgte Alin med en hæs stemme og så på den hovedløse krop, der lå som en blodig skygge i sneen.

'Havde du da regnet med andet?' svarede Stormesteren roligt og førte Alin hen mod trappens lem.

Han lod sin egen krop falde et skridt ned til trappeafsatsen og rakte en hånd ud for at hjælpe Alin.

'Far!'

Stormesteren standsede brat.

'Vi har et problem. Catalina fik mig til at indrømme, at vi brød reglerne. At vi spiser de dødelige. Hun har det på sin telefon.'

Alin standsede et øjeblik og betragtede sin far. Der var ingen vrede i hans blik, kun en ro, der kunne få blod til at fryse.

'Der er ikke noget problem, som en Stormester ikke kan løse,' sagde han med sin sædvanlige ro.

'Hvis Vesteuropa ønsker krig, så lad dem komme.'

'Krig? Går det mon så galt?'

Alin vaklede, chokeret over sin fars ubekymrede tone.

Stormesteren smilede svagt og begyndte langsomt at lede dem ned ad trappen.

'Krig, min søn, er blot endnu en mulighed for sejr.'

Epilog

Klokken slog seks gange, da Jakob vågnede med et sæt. Mørket lå stadig tungt over gaderne, og sneen havde samlet sig i endnu tykkere lag på vejene. Enkelte mennesker begyndte at bevæge sig ud, skygger i morgenen. En bus gled forbi bilen, der stod ulovligt parkeret på et gadehjørne, næsten gemt under et tæppe af frost. Jakob rettede på sit hår og gned sine trætte øjne. Hans hoved føltes tungt, tankerne var slørede. Han kunne ikke fokusere. Kun én ting var sikkert: Hanne var væk. Alin havde vendt hende, gjort hende til en brik i sit spil mod Istvan og hans allierede.

Jakob ville græde, men følelserne lå dybt begravet under en næsten lammende tomhed. Hans tanker gled til København. Byggepladsen. Hansen, der utvivlsomt forbandede ham for hans fravær. Men Hansen anede intet. Jakob havde allerede været i det sorteste helvede og tilbage igen. Istvan var ikke kommet tilbage. Aftalen havde været klar, men natten var gået uden spor af ham. Jakob vidste ikke, om det var godt eller skidt. Måske lå Istvan død et sted i Bukarests mørke. Eller måske var dette hans måde at tage afsked på?

Jakob drejede nøglen i bilens tænding. Motoren hostede, men sprang i gang efter et par forsøg. Han trådte forsigtigt på speederen, og bilen kravlede modvilligt ud af snedriven, der havde fanget den natten over. Viskerne skubbede sneen væk fra ruderne, og lidt efter blev udsynet til vejene klarere. Solen var endnu ikke stået op, men lyset i horisonten antydede, at det ikke ville vare længe. Jakob tænkte, at solen ville tabe kampen om varmen. Frostens greb om Bukarest var for stærk, og sneen havde bidt sig fast. Den ville ikke slippe sit tag foreløbig. Bilen rullede gennem de gradvist fyldigere gader. Jakob fulgte ruten, som Istvan havde beskrevet – en lille vej, der førte direkte til motorvejen. Vejen var belagt med brosten, skjult under sneen, men de ujævne bump afslørede deres gamle mønster. Kun her havde byen endnu ikke givet efter for asfaltens fremmarch. Han nåede et lyskryds, der lyste rødt. Jakob standsede bilen forsigtigt, bange for at sneen skulle få bilen til at kure ud i trafikken. Han lukkede øjnene et øjeblik, lod sig falde ind i en fysisk og mental træthed, der truede med at overmande ham. Han så derfor aldrig Florentin. Skikkelsen rejste sig langsomt fra bagsædet af den gamle, mørke bil.